刘半农精品文集

Liubannong jingpin wenji

刘半农◎著

图书在版编目（CIP）数据

刘半农精品文集 / 刘半农著. —北京 ：团结出版社，2018. 1（2024. 5 重印）

ISBN 978-7-5126-5482-2

Ⅰ. ①刘… Ⅱ. ①刘… Ⅲ. ①中国文学—现代文学—作品综合集 Ⅳ. ①I216. 2

中国版本图书馆 CIP 数据核字（2017）第 198902 号

出　版：团结出版社
（北京市东城区东皇城根南街84号　邮编：100006）
电　话：（010）65228880　65244790（出版社）
网　址：http: //www.tjpress.com
E-mail：zb65244790@vip.163.com
经　销：全国新华书店
印　装：三河市金兆印刷装订有限公司

开　本：640mm × 915mm　16开
印　张：11
字　数：200千字
版　次：2018年1月　第1版
印　次：2024年5月　第3次印刷

书　号：978-7-5126-5482-2
定　价：68.00元

前言 / QIANYAN

刘半农（1891—1934），原名刘寿彭，后改名刘复，初字伴侬，时用瓣秾，后改字半农，号曲庵。江苏江阴人，是我国“五四”新文化运动的先驱之一。著名的文学家、语言学家、教育家。同时，他又是我国语言及摄影理论奠基人。他的《汉语字声实验录》荣获“康士坦丁语言学专奖”，是我国第一个获此国际大奖的语言学家。

清光绪十七年四月二十日（1891 年 5 月 27 日）生于江苏省江阴县澄江镇西横街（现江阴市澄江镇）。1905 年，14 岁的刘半农从翰墨林小学毕业，以江阴考生第一名的成绩考入由八县联办的常州府中学堂。同期被录取的还有蜚声海内外的国学大师钱穆。1910 年 6 月，中学还没有毕业，刘半农就与未婚妻朱惠结婚了。在常州府学堂毕业前一年，出于对学校保守的教育体制的不满和失望，刘半农做出了一个惊世骇俗的决定，毅然从学校退学。

1912 年，刘半农只身前往上海，经朋友介绍，在时事新报社和中华书局谋到了一份编辑工作，并业余在《小说月报》《时事新报》《中华小说界》《礼拜六》周刊上发表译作和小说。经过几年奋斗，刘半农在上海滩声名鹊起，被人称为“江阴才子”“文坛魁首”，他已经可以靠着每月的稿费维持一家人的生活。而且约他写稿的杂志越来越多，就连赫赫有名的报人、小说家严独鹤都来向他约稿，刘半农用一支笔终于为自己闯出了一片新天地。

1917 年夏，刘半农从上海返回江阴，一方面在家中赋闲，一方面思考着自己未来的人生道路。随着北京大学蔡元培校长寄来的一纸聘书，刘半农这个连中学都没有毕业的人，一步跨入了北大这个全国最为显赫的高等学府。同时执教的还有钱玄同、周作人、胡适等人。

本书收录了刘半农的一些对中国新文化运动有着巨大影响的作品，让读者感受那个时代的自由文化的气息，同时从他不同时期的作品也能了解这位才子的思想的渐变过程。

目录/MULU

琴魂

译 Margaret M. Merrill 所作“The Soul of the Violin”

〔布景〕一间极破烂的顶楼，墙壁窗户多坏了；里面只有一张破椅，一张破桌；地上堆了些草，是当卧榻用的。桌上有一个旧酒瓶，瓶顶上胶了一小段蜡烛。蜡烛正点着，放出一星惨淡不明的黄光，照见桌旁坐了个容颜憔悴的男人，慢慢地开了桌上的琴匣，取出一张四弦提琴，向它点了点头熟视了一会，似乎痛爱到什么似的；又将它提了起来，同他自己枯黄的脸并着，当它是个懂得说话的人，向它说：

老朋友，完了，什么都完了！此刻我们俩只能说声“再会”了！上帝知道：我心上恨不能把自己的身体卖去了代替你，只是我这个人已是一钱不值，而你，你这宝贝，咳！你知道么？那边街上住了个歇洛克，他把我什么东西都搜括了去，所剩的只有个你，现在他又要拿出一百磅来把你也搜去了。咳！你想想：我这人背上没有一件褂子，顶上没有一片天花板，口中没有一些儿面包屑，一旦有这一百磅来，那么，你可不要怪我性急；你只是几片木头拼合了，加上几条不值钱的弦，要是拼我一个人饿死在你身上，总有点儿不上算。要是即刻下楼，再走几步，把你交给那掌柜的，那就什么事多办妥了，一百磅就到手了。我得了这一百磅，可以马上离开了这耗子窠，外面去找间好房子住着；可以买些一年来没有入口的好东西吃；再可以同一班朋友们去混在一起，重做他们伙伴中之一份子。唉！一百磅，得了它简直是发财，简直是大发其财了。至于你，你既不知饥饱、又没有什么灵魂——且慢，我能断定你没有灵魂么？

说着，把手拨动各弦，一一侧耳静听，听了一会，说：你那E弦已低了些了。可是，有什么要紧呢，还得卖。

他已打定主意，立刻开了琴匣，想把琴装好了，随即提出去卖。忽然怔了一怔，听见琴弦之上，呜呜的发出一种哀怨之声，他大奇，连忙住了手，重新提出琴来，搁在脖子上擦了两擦，说：怎么！老朋友，难道我把你卖去，竟是有害于你么？唉！我错待了你了，你竟是有心的，有知觉的，并且还有些记忆力，能追忆旧事的。

且让我来想想看：究竟有多少时候了？二十,三十,三十五年。呀！我一世之中，大半世是同你共在一处的。你我未遇之前，你的身世，我也很知道些。记得你搁置的所在，是一家希旧的铺子。铺主是个白发萧萧的老者。他与你相共，还不止三十五年，所以把你看得分外稀罕，每见客人来到，便将你取了出来，读你身上所刻的字："克雷孟那，一七三一。"可是，他别种东西多肯卖，却不肯卖你。这也因为他老人家有饭可吃，并不像我这样饿着肚子啊。那时候，除这老人之外，我便是最疼爱你的一个人，每见了你，总喜把你捧在手中，听你唱一曲歌。只因那老人不肯卖，我便朝朝暮暮地想着你；那种渴想的神情，无论什么事都是比不上的。后来有一天，那老人忽然把我叫到了他铺子里，向我说："你把自己的旧琴送给我，我就把这克雷孟那送给了你罢。"我很惊讶，说："怎么！你竟肯把这宝贝送给我么？"他说："是的。因为我年纪已老，我这铺子不久就要倒给别人。要是倒给别人之后，把这克雷孟那卖到了什么样糊涂人手里去了，那就不是我数十年来竭力保存的本意了。现在想来，日后能同我一样保存这琴的，只有个你，所以不如送给了你。"那时我怎样喜欢，真是有口说不出。我把你拿到家中之后，随即提起弓来，在你那四条弦上咿咿呜呜的拉，直拉到半夜还不肯罢手。自以为自此以后，我是世界上最快活的一个孩子了。于是每到什么地方，总把你携在身间，不能一时一刻离了你；就是有人要拿整个世界来交换，我也决然舍你不得。唉！你知道，那时我的肚子不饿啊，到了现在，可就不大相同了。

他仍把脖子倚在琴上，举起一手，慢慢地抚摩琴上的四条弦。他一半儿像醒，一半儿像在做梦；一壁说着话，一壁差自己也不知道说些什么。

唉！我们俩同在一起观看这花花世界，已有三十五年了。世界上的滋味，甜的苦的，我们俩都已尝到了。上自国王，下至乞丐，也都已听到了你，赏识到了你了。你还记得么？有一天晚上，我们俩同在柏林，在一家戏院里奏了套《梦中曲》，忽然右边包厢里，有一个妙龄女郎，从手中取了朵绝大的红玫瑰，对着戏台掷来，恰巧不偏不倚，正落在你身上，那花柄上一个刺，又却巧绊在你弦上。我正想徐徐取它下来，却不防花已损了，只觉眼中一红，一阵鲜血似的花瓣儿，已纷纷堕至脚下。于是我伤心已极，即提起弓来，奏了一曲《最后之玫瑰》；你那弦上，也不其然而然的发出一种凄凄切切的颤音来。唉！我在那时，已早知道你是个有情之物了。到一曲奏完，我向台下一望，有无数眼睛，同时在那儿流泪。而那掷花的妙龄女郎，竟是泣不可抑，似乎她的身体，已被音乐管束着。到离座时，她忽然破声说道："不，不！这并不是最后的玫瑰，世界上的玫瑰多得很咧，你看！"说着，将手中一大丛的红白玫瑰，一起对着戏台掷了上来。

那时候，我不知道那女郎心中所爱的是我，还是你。后来正当玫瑰盛开的时候，这玫瑰中之玫瑰竟死了。唉！老朋友，我想你总还记着：那天天已黑了，别人多已走了，我们俩同到她那长眠的所在，去和她话别，因为一时玫瑰甚多，我先采了无数玫瑰，把她周身都盖满了，然后提起你来，叫你唱歌给她听。哎哟！你那时的歌声真好啊！简直是她的灵魂，和全世界的玫瑰花的香味，一起寄附在你声浪之中了！后来又有一次，我与你奏乐，不知什么人掷来了一朵玫瑰花，我一时恼着，竟提起脚来把它踏得稀烂。试问：那女郎既死，玫瑰还有开放的权利么？

以后可交了厄运了，我们俩不知为什么，总觉世界一切，无足轻重，只是你之于我，反觉一天亲爱一天。因为我一生所受的忧患，除你之外，更没有什么人同受的了。然而我终于认你为没灵魂的东西！老朋友，请你原谅我：一个人到了快要饿死的时候，无论他说什么，你再不能怨他恨他的了。

唉！我也太笨了，为什么饿了肚子，还同这旧琴啰唣不休？快去卖！

他毅然决然立了起来，将琴放入琴匣，砰的一声，将匣盖盖上了。正想提着出去，可又止住了脚，侧耳静听，只觉匣中尚有余音，呜呜不已，似乎什么人在那儿叹息，又像一个人快要死了，在那儿吐出一口与世长辞的残气。他听了面上难过了一阵，眉头皱了一阵，仍提着琴匣向前走去。走不几步，又停了脚，将琴匣紧紧挟在怀中，促着气说：

不！不！不能！这不能！我绝不肯！这不是疯了么！唉，疯了疯了！饿也不妨！我绝不肯卖！我不饿，此刻不饿了！

他开了琴匣，取出提琴抱在胸前，像抱了个小孩子一般。

我的宝贝，请你原谅我：我方才做了个梦，要把你卖去，并非出自本意，乃是被魔鬼，被那饿肚子的魔鬼驱使了。现在魔鬼已去了。哈哈！我心上快活得很，来！，唱个歌儿给我听。我们俩应当永远相共，欢欢喜喜的同过这一世罢！

把琴搁在颔下，提了弓便拉。

啨！你那E弦，此刻非但不低，声音反比从前更好了！哈哈！好！好！我们快活极了，你以为快活么！来！唱个《玫瑰》歌给我听！再唱个《她！》歌给我听！瞧！她此刻正在那边包厢里，满怀都是堆着鲜花。她又对着我们笑，把手中的红玫瑰白玫瑰对着我们掷上来了！老朋友，她既在那儿听，我们应当格外留心，唱得格外好听些。

这时候，他枯黄的颜色，已变做丰腴圆润的了；两只昏花的眼睛，已变做英光四射的了；什么冻咧饿咧，已变做了脑筋中已经忘却的东西，心中只觉这一间破坏冷落的顶楼，已一变而为一座金碧辉煌的大戏馆，馆中坐着几千百个人，一个个屏息静气，听他奏乐。他自己的灵魂，也已完全寄附在四条弦上，恍如奏至哀怨处，几千百个人便同时下泪；奏至欢乐处，几千百个人便同时喜悦；奏完之后，几千百个人同声喝采。他乐极，高声说：

老朋友，听着！听着！我们已得了好结果，这便是最后一刻了。唉！偌大一个世界，竟在今天晚上被我们俩战胜了。你看见那边金光闪烁么？那便是天堂了！

乐声愈奏愈急。琴上的弓，愈拉愈決。

撒！一条弦断了！撒！又断了一条了！

琴声忽然低下，变为沉痛之音。他那执弓的一只手，已渐渐不稳；两只眼睛，也已黯然无色，只是木木地对着一方一个所在瞧着。面上的神气，却还带着笑容。撒！又一条弦断了！他点了点头，发出一种诚挚柔和的声音，低低地说：

世界上还有一朵最可宝贵的玫瑰哬。唉！我的宝贝，此刻光已暗了，我的眼睛也花了，所能见的，只有个你，只有个你！

撒！最后一条弦也断了！（幕闭，稍停复启）

〔布景〕一切与最初相同，蜡烛椅子桌子草铺等，都没有改变位置，只是那人已倒在地上；身旁散放着几块破裂的木片，其中一片之上，刻着“克雷孟那一七三一”几个字。

（六年四月，江阴）

时欧洲花园

（一）千九百十六年三月十一日

晨起，行于市，见鬻报之肆，家家咸树一竿，竿头缀巨幅之布，或悬径尺之板，署大字于上，以为揭橥，曰“葡萄牙宣战矣。”此数字着吾眼中，似依恋不肯即去；而吾当举目凝视之时，心中感想何若，亦惘然莫能自说，但知战之一字，绝类哑谜，难测其奥。七百年前，吾葡萄牙甚小弱，其能张国威，树荣名，自跻于大国之列者，战为之也。及后，阿尔加司克伯尔之役，摩尔人败吾军，僇吾主，摩尔人（Moors）居非洲北岸，为阿拉伯及巴巴利人之混合种，不信耶教。千五百五十七年，葡王约翰三世（KingJoao Ⅲ）死，其孙撒拔司丁（Sebas—tiao）嗣位，只三岁，王伯祖摄政。至千五百六十八年，王十四岁，归政。王年少英敏，嗜运动及冒险之事，又笃信宗教，亲政既十年，恶摩尔人之无化，集国中兵万四千众，以千五百七十八年六月二十五日，自葡京里斯朋（Lisbon）发发，渡海征摩尔。八月四日，战于阿尔加司克伯尔（Alcacer—Keb'ir）大败，王死乱军中，万四千人及从征诸贵族，或死或俘，无有还者。事平，有得王尸者，见身受数十剑，血肉模糊，衣冠类王外，莫由辨真伪，遂运归，葬于白仑寺（ConventofBelem），其曾祖马诺欧王（KingMa—noel）所建者也。或谓归葬者实非王尸，王之死，不在战场，而在被虏于摩尔之后云。以撒拔司丁之英毅，竟不蒙天佑，身死国辱，隳其祖宗之遗烈，而令吾葡萄牙人屈伏于人者，亦战为之也。嗟夫，吾葡萄牙固昔日之泱泱大国也，光焰烛天，荣名盖世，以今之小，视彼之大，数百年来，爱国之士，殆无一不悲愤填膺，叹为昔日之盛，恐终古不能见诸今日也。然昔日之盛，果即终古不能见诸今日乎？则其事犹待解决，固无人能知之，亦无人能断之也。今葡萄牙宣战矣，祖宗之灵，已归相吾辈，吾辈将来运遇，为蹇为吉，容可即此决之。夫以吾葡萄牙先人之事业，曾于惊世骇俗中辟一新纪元，曾于探幽穷险中辟一新，纪元，曾于人心能力中辟一新纪元，吾人幸而为其子孙，岂可昏昏过去，而不一念其遗烈邪？且亦岂一念即了，以为昔日之事，仅一光荣之幻梦，今梦醒情移，不妨于夕阳西下时，歌俚歌，徘徊于颓垣破宇间，摩挲旧迹，视为考古之资，而不以先人之遗命，为前进之铙吹，希望之宝库耶？诸君英人；英人，果敢人也，御木纳之假面，而藏锋镝于其中；善画策，平时一举手，一投足，悉资以造策；策备，乃待时而动。人之论诸君者，每谓英人何狡若游龙，不可捉摸。不知诸君固自有主意，初非动于一时之情感也。职是故，诸君恒视吾辈为怪物，谓葡萄牙人善作梦，当晴日当空，气候温暖，则葡萄牙人梦矣：置身园中，见橘树及夹竹桃之花，灿然齐放，微风送香，则色然喜，如登天国，曾不一思来日之大难；似此举国皆梦，茫然不知世间复有白昼，曰几何而不亡。诸君以此责吾辈，吾辈敢不唯诺；盖吾葡萄牙人固善梦之民族，常自承不讳也。然吾辈所梦，未必即符诸君之所测。乃有一梦，作之数百年矣，今犹未醒也。自当年撒拔司丁王遇害，国人悲之，北自格利西亚，南迄亚尔客夫司极边，凡言及此王，莫不嘘唏悲叹，谓王英气过人，春秋甚富，貌昳丽如少女，国人莫不愿为效死；以王其人，在理当展其雄略，建万世之功，不能即此淹忽；于是佃佣村媪，撰为齐谐，父诏其子，母语其女，谓王实未死，今睡耳，异日且归；至今山村酒肆间，老农辈偶谈故事，犹坚执此说。此非数百年未醒之梦耶？诗人嘉穆恩有句云："Antiga fortaleza alealdade d'animo enobreza;"嘉穆恩（Louis de Camoens）生千五百二十四年，死千五百七十九年；此二句以英文直译之为："Ancient vigour and loyalty of mindand nobleness"吾今亦作此想，想诸君闻之，或将匿笑。然英国诗人，不亦尝谓神话村谈，幻梦怪想，均自具哲理，不能视为妄谬耶？又吾葡萄牙农民，都朴质寡文，与自然界甚接近，故为状绝类小儿。方吾儿时，乳母为吾述神话，吾自摇篮中听之，恒心慕神仙，谓他日吾长，亦神仙也。今老农辈之于撒拔司丁，亦犹吾儿时之于神仙耳。慕之既切，信之既深，苟有机缘以通其壅，有不誓死直前，使失诸撒拔司丁者收诸今日耶？且物极必反，失败之后，或转光荣；痛苦既深，每多欢乐；毅力之刃，炼自患难之炉；破产之父，临终涕泣，遗孤奋勉，必昌其家；中谓葡萄牙即此萎化不振耶？今葡萄牙改民主政体矣，吾犹于撒拔司丁深致惋慨，闻者幸弗以吾为王党余孽，亦弗以吾如此立论，事关政治，当知吾于葡萄牙全国之中，一切政党政客，多无所憎好，亦无所信仰；所自信者，但有国魂。昔耶稣基督未降生时，犹太人期望基督至切，谓必基督生，乃能救民水火。及耶稣既生，以基督自任，虽犹太教徒及市井无赖众起反对之，而终无损于基督。基督者，盖应乎人人心中之愿望而生，所谓果生于因也。今吾与邦人，既深信撒拔司丁之必归，执彼例此，安见撒拔司丁之果不来归耶？来归之后，选旧材，鸠旧工，重建旧邦，又安见其根底之固，不尤十百往时耶？世之论者，又岂能决言吾葡萄牙神话，尽属荒渺无稽耶？虽吾生有涯，而世变靡定，撒拔司丁来归，果在吾一息未尽之前，抑在吾此身既了之后，吾不自知。要之，吾为挚信撒拔司丁必归之人，吾即可屏绝一切王党民党，自立一党曰撒拔司丁党。隶党中者，吾本人外，即全国佃佣村媪，至今犹深信撒拔司丁未死之人。其导吾入党者，则为吾乳母玛利，今已死矣。吾读书识字，所读历史之书，自小学以至大学，聚之亦可成束，然求其趣味浓郁，摹绘往年事实，栩栩欲活着，殆多不如吾乳母所述之故事。有时于故事之后，殿以俚词，抚余顶而歌之，尤能深镌吾脑，令吾永不遗忘。今日身在伦敦，见街旁鬻报肆中有葡萄牙宣战之揭橥，遂使余热血鼓荡于中而不能自己［已］者，胥吾乳母玛利之力也。玛利居茫堆司州，其地甚冷僻；小说家每谓茫堆司者，未经世人发见之沙漠也；又曰，茫堆司为文明不及之地，以茫堆司道路崎岖，居民寥落，逆旅既朴俭有上古风，旅行之士，亦遂裹足；凡一切奢侈安适之具，世人美其名曰进步云者，胥不能于茫堆司求之。吾葡萄牙编户之氓，多崇实黜华，茫堆司尤甚，游其地，接其人，不识字者几居什九；然字内灵气，实钟其身；记力理想，均高人一等；怀旧之念，尤时时盘旋胸中；与谈旧事，自白发之叟，以至三尺之童，莫不仰首叹息，似有无限悲苦。玛利生于其地，呼吸其空气既久，女子也，而怀抱乃类爱国伤心之士。所居在山中，祖若父均业农。山中之地，自经垦植，能产嘉谷；而老农辈时时侈道旧事，指山中古迹以示后昆，谓某山之麓，尔祖宗鏖战之地也；某水之滨，尔祖宗饮马之

处也；虽不免穿凿附会，而鼓铸国魂之功，实与垦植土地同其不可磨没。吾国为地球古国，曲绘其状，当为一白发萧萧之老人。老人天性，多喜神话，故二千年前罗马侵占吾国之神话，至今犹传说勿衰。余以神话无稽，素不研习，顾于鼓铸国魂之神话，则颇重视，谓圣经寓言而外，足为精神界之宝物者，唯此而已。吾今已长，玛利亦已物化，而玛利小影，犹在吾目；吾六岁时玛利携我抚我之事，思之犹如昨日。记得玛利恒赤足，而性情和厚，举止温雅，不类乡村蠢媪；面棕色，微黑，然修剃甚净，不以黑而妨其美；目大，黑如点漆，似常带悲楚，而口角常露笑容；平时御红棕色之衣，淡橘色之披肩，裙则天鹅绒制，黑色，旁缀小珠；首裹一巾，玫瑰色地，琥珀色文，自前额至后颈，尽掩其发，两耳垂珥，黄金制，甚长，下垂几及其肩；自颈至胸，围一金链，上缀小十字架及金心无数。问之，则以祖传对，谓每一十字架，或一金心，即为一祖先之遗物云。是日之夜，余独处逆旅，脑思大动，恍如吾已退为小儿，与玛利相处，身居祖国，浓雾迷漫，山谷间尽作白色，羊颈之铃，锵锵不绝，牧羊之童，则高声而叱狗；又似时已入夜，启窗外望，天上明星闪烁，如与吾点首，风自西来，动庭前松树，飒飒作声；松下忍冬花方盛开，风送花香，令人心醉；玛利则徐唱俚歌，抚余就睡，歌曰：“风吹火，火小则灭之，火大转炽之；同心而别离，毋乃类于斯。”

Como o vento é para o fogo
E a ausencia para o amor;
Se é pequeno apaga-o logo,
Se é grande，toma-o maior.

此歌直译英文为”As is the wind to the fire，so is absence in love．If love be slight，it is soon less；it great，greater it will grow”

余觉歌味隽永，神魂回荡，不觉昏然入睡。

（二）四月一日

余仍在伦敦，蚤起，天作鱼白色，阴云下垂，似上帝蹙额，闵世人之疾苦。风自东来，奇冷，着人欲战。余凭阑远眺，百感交集，思吾祖国昔日之光荣，今已消散，今日之事，犹在扰攘中，云稠烟重，不能遽判其结果；则将来者，其为希望与否，为不蹶不振与否，亦岂能预说耶。思至此，觉万念多冷，但有悲叹。忽街头一卖花者，手一木筐，中置紫罗兰花，高声求卖，花上露珠未干，颜色鲜艳，似迎人而笑。余一见此花，斗如冰天雪窖之中，骤感春气，一息一呼，都含愉快，盖此小小之花，足导吾灵魂，使复返儿时也。记得六七岁时，一日，园中紫罗兰方盛开，玛利挈吾同坐花砌之旁，见天色明净，一碧如洗，日光作金黄色，着人奇暖，而玛利为吾娓娓道撒拔司丁遗事，吾聆之，亦觉希望幻梦，都美丽放金光也。玛利之言曰："人言撒拔司丁王已死者，妄也。当王渡海出征时，师船千艘，银樯锦帆，貔虎之士，万有四千。既渡海，胜亦进，败亦进，创深矣，流血成渠矣，而掌帜之弁，犹扬旗而前，旗色如雪，映耀日光，幻为奇灿。及势尽援绝，王犹跃马独出，溃围三次，披杀摩尔三十九人；力尽，乃见禽。尔时，夕阳西下，斜烛战场中，尸骸枕藉于地，中有葡萄牙人万三千；掌旗之弁亦受创死，然犹握旗于手，不肯放；旗本白色，昔曾飞扬空中，与青天之色争艳者，此时血溃满之，倒地作惨红色，似为死者鸣其悲愤。呜呼，王竟败矣，王为上帝之故而出师，竟不蒙上帝之福矣。王既成禽，摩尔人载之归，梏其手足，纳地狱中，令终岁不见天日。王羞忿交并，每值黑夜，闻狱外鬼声呜呜，与风声潮声相和，心辄暴痛，如欲裂为千万，自言曰：'嗟乎上帝！吾以渺渺之身，临世界最富最强之国，窃愿上答帝恩，树十字架于世界尽处耳。今不幸而败，岂吾已永永不能与吾民相见耶？岂吾已永永不能更见曜灵之光耶？岂吾已永永不能乘吾战马以临敌耶？岂吾已永永不能挥吾宝刀，率吾战士，战彼丑虏耶？'王战创本剧，益以悲怆，生活之力日消，未几即纳其灵魂于上帝。"玛利语至此，稍息，余静坐其旁，屏息欲聆其续，颇不耐，问曰："其后如何？"玛利曰："其后，一日，时在四月，朝阳方起，有微风自东来，挟魔力，透地狱之坚壁而入。王在狱中，忽闻乐声悠扬，若远若近，又有紫罗兰香，随风而至，启目视之，则石壁已消，但有大海；海上青天如笠，日光暖和，傍岸在一船，金舷锦帆，庄严夺目，船头立一银甲神，曰圣密察尔，见王，即引登船上，驶向海天深处，顷刻不见矣。”余曰：“王既出狱登船，驶向海天深处，想必甚乐。”玛利曰：“否，王戚甚，身虽出狱，心实系念吾民。登舟后，问圣密察尔曰：‘至高至贵之天使，吾不知何日何时，得返故国。吾知吾国之民，今方痛哭不止，悲我运遇，又日日祷天，求上帝佑吾归国。吾民之意，殆以吾苟不归，吾葡萄牙决无发展国威之日。至高至贵之天使，能示我归期否？’天使笑而不答，王再三问，则曰：‘究在何日，吾亦不能预指。但汝既思归甚切，汝民又念汝勿舍，亦终有归期耳。汝其静俟上帝之明诏。’”此上云云，玛利当春花盛开，秋月初上之际，为吾讲述者殆不下百十次，余每聆一次讫，必问曰：“不知今日王归否。”玛利曰：“今日不归则明日，明日不归，亦终有一日归也。”诸君英人，疆域占全球五之一，尚勇进，不知回顾，闻吾此言，必斥为幻梦。然而举国精神汇聚之焦点，果为幻梦与否，吾可引诸君人人诵习之格言以相答也。格言曰：“毋或扰女，毋或恐女，万变运行，帝独相女。”

Let nothing disturb them;
Let nothing affright them;
All passeth.
God onlyremaineth.

（五年九月，上海）

拜轮家书（译）

千八百有十年六月二十七日，自君士坦丁堡拜白老母。令以霍好思君归国之便，作书付之，令其携呈。儿等行止，书中有未详者，吾母见霍君时，霍君自能为吾母缕述。至儿究于何日言旋，目下尚难预定。霍君归国后，究于何日可抵脑丁亭，拜轮之故乡，即其母所在。亦属无定。幸弗雷却拜之从仆，被颇为拜所喜，后以不善旅行，渐恶之。不善旅行（英国仆从，大都如此），携与共行，适增一累，今已遣彼归国；倘霍君不至吾家，即由彼面陈一切。彼随儿外出，历地颇广，所言当能详尽无遗也。

记得在耶尼那 Janina 地名，现属阿尔班尼亚。时，与穆罕默德巴沙相遇。是为阿立巴沙 Ali Pash 人名，曾为忧尼那府尹，生一七四一年，卒一八二二年，颇有功于土耳其。之孙，年仅十岁，目大，黑如点漆。设此目而可出卖，吾英妇闻之，必不惜千万之巨值；然在土耳其，则颇平常。土耳其人容貌之异于欧人者，亦仅此大而且黑之目耳。彼见儿时，向儿言：汝年纪甚轻，无人保护，奈何远出旅行。以十龄之童，而语气乃类六十老叟，至有趣也。儿此时不能多述琐事，简约其言，则儿自去国至今，长日仆仆，颇多跋涉之苦；然山川风物，在在足娱人意，始终未有一顷之无聊也。儿意循此以往，儿之气质必变；始也喜旅行而倦于家居，终乃漫游成习，与支波西人 Gipsy 为一种游荡种族，十八世纪时自亚入欧，以赌博星相诱拐窃物为业，欧人多恶之。同一气味。此等气味，人谓嗜旅行者咸具之，信也。五月三日，儿自绥司托司泅水至阿皮笃司，Sestos 与 A bydos 均地名，阿皮笃司在小亚细亚，绥司托司在土耳其，中隔 Hellespont 海湾，即 Dardanelles 海湾，欧亚交界也。其事颇类吾母所知之雷恩第亚故事，惜无丽人如“希罗”者，逆儿于岸头耳。神话，雷恩第亚 Lean—der 居阿皮笃司，眷一女曰：“希罗”（Hero，译言英雄）居绥司托司。雷恩第亚爱女甚，每夜必泅水渡海峡就之。一日，海水汹涌，溺死；女闻之，亦赴水死。书中云云，盖戏言也。拜轮性喜泅水，此次横渡海峡，尤为生平豪举，诗词书札中屡记其事。

土耳其境内，回教寺院之宏大者，儿悉已看过。土人最重教律，向不许异教人入寺，此次吾英大使任满归国，请之土皇，土皇敕许，乃得随往参观，亦难得之机会也。儿尝溯薄司福拉司 Bospherus 又名君士但丁堡海峡，北接黑海，南接马莫拉 Marmora 海。而上，北游黑海；又尝环行君士但丁堡一周，登其城垣，览其形势。自谓今兹所见于君士但丁堡者，转多于昔日之所见于伦敦也。日来苦思吾母，心中常愿得一冬夜，偕吾母向火而坐，细述游况，以娱老人。然此时尚望吾母原宥，六月中，恐不能更作长函，因须摒挡西行，返希腊作消夏计也。

弗雷却亦太可怜。彼所欲者安乐，而儿所能偿其安乐者有限也。彼言此次远出，跋涉攀援，势且成病，信也。然儿料彼归国后，必于吾母前丑诋一切，谓所经各处如何不适，则不可信矣。彼终日长叹，问所叹何事，则一为麦酒一杯，二为无事而懒坐，三为欲见其妻，四则与其精神契合之一切魔鬼而已。儿自抵此间，始终未有失望事，亦未有受人嫌恶事；所与交接，自最上流以到最下流，都颇欢洽。尝于巴沙府中流连数日，而投宿于牛棚之中者，亦复数夜；细察民风，知其和靄［蔼］安分，可与为善也。又于麻利亚、里法地亚二处，与希腊名流数辈，宴游多日；其为人虽次于土人，终胜于西班牙人，而西班牙人则犹胜于葡萄牙人也。自来游君士但丁堡者，多有游记记其事，吾母当已见其一二。记得桓德雷夫人游记中，尝言圣保罗寺伦敦大寺院之一。倘与圣莎菲亚土耳其大寺院之一。并置一处，其庄严伟丽，殆可相敌，此言误也。儿先后参观两寺，相其外表，审其内容，参互而比较之，知圣莎菲亚寺虽为历史上稀有之古迹，前此希腊皇帝，罗马帝国东西分裂后，其东部称东方帝国或希腊帝国（Eastern or Greek Empire），君主称希腊皇帝，非古希腊也。自戛司丁尼亚以后，加冕于寺中者数人，为人狙杀于寺中神坛之上者亦数人，而土耳其诸苏旦，复时时到寺，吾辈置身寺中，抚摩旧迹，诚足增进识见，然就庙身之大小，及建筑之华朴言之，实远出当地沙雷门等诸回教寺院之下，以视圣保罗寺，更不能于同一叶书中记之矣（儿为此言，颇似纨绔子弟口吻）。儿于寺院之建筑，最喜塞维尔西班牙地名诸寺院之峨斯式；窗户上端均作尖形，倘儿前此所见圣保罗、圣莎菲亚诸寺院，悉改用此式，必更饶古趣也。

土皇所居撒拉尔尧宫，四围墙壁，与吾家纽斯坦园在脑丁亨爵邸附近。大致相似，式样亦同，惟较高耳。京城四周，绕以高墉，骑马行城下，瞰其大陆之一面，景物绝美，吾母试冥想之：道之左，有三层式之凹凸壁，长凡四英里，壁上络以青藤，苍翠欲滴；摩天高塔，参差其间者，为数二百十有八；道之右，则为土耳其人公葬之所，杉木成林，光景幽静，其大者高可百尺，世界上清美可爱之区，推此为第一矣。儿尝游雅典，伊弗塞司 Ephesus 在小亚细亚。兑尔费 Delphi 在希腊。各处，观其古迹，又游土耳其全境之大半，与欧洲大陆各地，亚洲亦稍稍涉足，然无论天然物或人造物，求其最足动人感想者，殆无如土国黄金角 Goldon Horn 为薄司福拉司海峡西北入黑海处。尽头处，七塔 Seven Towers 为土国幽禁国事犯之牢狱。两旁之光景也。

今当言英国事矣。读吾母手书，知《英吉利诗人》等书已付印，至慰。拜轮之最初著作《Hours of ldleness》出版。[版]，有著书诋之者，拜轮乃更作《英吉利诗人及苏格兰评论家》（English Bards and Scottish Re'viewers）诗反讥之。原书初版已罄，此谓第二版。吾母当知，此次重印流通，书中增订不少也。伦敦维果弄森德画师，已将所绘儿像送来否？此像于儿启行前画好，画值亦于彼时付去，倘尚未送来，即请吾母遣人往取。吾母近来似颇爱读杂志，来书中所述异闻，及一切引证，想多从杂志中得来也。至谓虽无加来塞尔之助，儿苟有意，亦得列席为议员，诚为儿所乐闻，然儿与加来塞尔前因李夫人之事绝交，今岂复愿与彼旦夕出入于同一门户中耶？彼时李夫人心甚怏怏，儿亦颇以为歉，今无恙否，便中乞为致意。

儿意 B 君当娶 R 女士，始乱终弃，非吾所取。吾辈做人，第一要不干坏事；此虽不易办到，知过而改，固为吾辈能力所能及也。R 之于 B，可称佳偶，藉曰稍逊，而其家薄有资产，以为妆奁，可作抚养子女之费，虽补偿不多，亦颇不恶，奈何遽弃之。吾食邑中断不容有此等灭德败行之事，易言之，吾不许吾自身所为之事，即不许租种吾地之人为之；而于事之有关女子贞操者，持之尤坚。明神鉴我，我前此颇多罪恶，今已痛自改悔矣。惟望此洛撒里奥神话，洛撒里奥占人之妻，其夫怒，起与战，遂见杀，此用以指B。以我为式，令彼不幸之女子，复为社会之完人；否则吾可誓诸吾父之灵，痛惩勿宥，彼其谛听。孺子鲁倍德，望吾母分外济恤之；渠亦可怜人，归国后，想必切思其主，当时渠颇不愿独归也。鲁倍德为拜轮侍童，于中途遣归，拜轮平日颇怜爱之，《去国行》第四五二首为彼作也。吾母近日，必康健安适。望锡好音，以慰长想。尔之爱儿拜轮。

再：满雷无恙否。Joe Muray 为拜轮之友，拜轮死后，曾为刊印诗文十三卷，即流通最广之拜轮全集定本是也。

又此信封后复启，因弗雷却复自请相随，同往莫利亚半岛，Morea 为希腊最南之半岛。不愿独归矣。

（五年十月，上海）

阿尔萨斯之重光

——”Alsace reconquered”Piere Loti 作，据英文本译——

此时为千九百十六年七月，更越一月，即为阿尔萨斯光复后吾初次旅行其地之一周纪念矣。尔时吾与吾法兰西民主国总统同行。总统之临莅其地，事关军国，初非徒事游观，故行程甚速，未暇勾留。至总统所事何事，则例当严守秘密，勿能破也。

吾侪抵阿尔萨斯时，天气晴畅，尝谓晴畅之天气，能倍蓰吾人之快乐，其效用如上帝手执光明幸福之瓶，而注其慈爱之忱，福此有众。是日气候极热，南方蔚蓝深处，旭日一轮，皓然自放奇采，尽逐天上云滓，今清明如洗；而四方天地相接处，则有群山环抱，郁然以深。山上树木繁茂，时当盛夏，枝叶饱受日光，发育至于极度，远望之，几如一片绿云，又如舞台中所制至精之树木背景，而复映以绿色之电光；山下平原如锦，广袤数十百里间，市集村落，历历在望；而人家门口，多自辟小园，以植玫瑰。此时玫瑰方盛开，深色者灼灼然，素色者娟娟然，似各努力娱人；吾欲形容其状，但有比之醉汉，盖醉汉中酒则作种种可笑之状以娱人，而其自身则不知不觉，但有劳力而无报酬也。阿尔萨斯所植玫瑰，玫［非］仅大家庭园中有之，食力之夫，家有数步余地，所植者玫瑰也；即无余地，而短垣之上，枝叶纷披，中有径寸之花，红紫争辉者，亦玫瑰也。玫瑰为世间名卉，通都大邑，尚不多得，而阿尔萨斯人乃种之如菽粟焉。

总统所乘汽车驰骋极速，车头悬丝制三色国旗，旗顶悬金线之縌，乃总统出巡之标志。时微风鼓縌，飞舞空中，车所经处，恒有一缕金光，盘旋顶上。吾侪行前，并未通告大众，同行者总统与余而外，仅有机夫；侍从卫队，悉屏弗用。意谓抵阿尔萨斯时，事类通常游客，不致惊动居民。谁料一履其境，即有少年多人，踏车疾走于汽车之前，每遇一人，或抵一村落，则举手扬帽，高呼“总统至矣！”吾侪势不能禁也。其尤健者，则先吾车数分钟而行，中途且噪且舞，报其事于村人；村人闻讯，立即悬旗致敬，故吾车虽速，而每至一村，即见家家窗户洞启，悬国旗于檐下，其布置之速，如着魔力。所悬旗，三色国旗外，尚有红白二色之阿尔萨斯州旗。此乃阿尔萨斯人心中至爱之一物，凡有血气，莫不誓死以争。今阿尔萨斯之旗，复为阿尔萨斯所有矣。所悬三色国旗，新制者什八九，间有一二已陈旧，不复鲜明夺目，则尤当视为神圣之纪念，盖尝屈于德意志之淫威，密藏箧底，黯然不见天日者，四十余年于兹矣。

吾车过处，欢呼之声，上彻云表，旁震山谷。聆其声，观其舞蹈欢腾之状，知此非皮面之敬礼，实自心底迸裂而出也。

各处房屋，墙上时见弹孔，大小不一；房屋之毁于炮火，栋折梁摧，但余败址者，亦比比而是。然此等景象，见于他处则为千疮百孔，满目荒凉，于阿尔萨斯万众欢呼中见之，转足令人悠然神往，叹为国魂之所凭寄。又礼拜寺旁，累累新冢，十倍平时，观其新立之十字架，纯白如雪，光芒四射，则热泪不禁夺眶而出，自语曰：吾法兰西好男儿殉国而死，今长眠此中，愿其灵魂安息之地，勿更沦于异族之手也。

吾侪每至一村，辄少停；停留之处，首村长办公所，次小学校；出校登车，即展机直驶次村。大约每停不逾十分钟，总统即尽此十分钟之长，以与父老子弟握手，或作简短之演说，慰其既往，勖其将来。最有趣者为小学校学生。此辈小国民在阿尔萨斯未光复前，所操者德国语，所读者德国书，今数月耳，而总统问以简单之问题，即能用法语相答；或总统用法语述一故事，若寓言，若神话，以娱之，亦能一一了解，无所疑难。是可知德人能制人以力，不能贼人之性灵也。又有幼女成群，环绕车前，以所制小花圈上总统，总统笑受之，全车尽满。此等幼女特自旧箧中出其母若祖母幼时所御之衣衣之，红衣而金裳，帽缀丝带结，飘飘如彩蝶之对舞，见者几疑置身四十年前之阿尔萨斯也。当幼女辈环列车前上花圈时，余问“总统突如其来，尔等何能预备及此？”则欢呼云：“竭力赶办耳。”观其面赤如火，汗流如浆，言竭力赶办，信也。然其心中欢喜如何，非吾笔墨所能形容矣。

各村房屋，前此开设商店者，此时尚有德人之遗迹可见：如食肆之不为 restauant 而为 restauration，剃发店之不为 coiffeur 而为 friseur，烟草肆当作 tabac，而德人易其末一字母为 K。凡此种种，多不足为阿尔萨斯羞，徒今后人笑德意志人之枉费心机而已。

吾侪留阿尔萨斯仅二日，然已遍游其地。闻德人治阿尔萨斯时，朝布一政，暮施一令，揭示至多，今已片纸无有矣。然此时德人尚未远去，其驻兵地点，即在阿尔萨斯四境群山之外。在理，两国战事未已，苟吾侪有所畏惧，绝不敢行近山下。然总统生平，胆量极豪，自言倘惧德人，即不应来此。因驱车，巡山下一匝，而山后德人，竟未以武力相待，亦甚幸矣。且吾侪行时，非寂然无声也，人民欢呼之声，高唱《马赛曲》之声，和以军乐及鼓角之声，其响可达十数里外，而相隔仅有一山，德人非聋，胡能弗觉。又德人以间谍名于世，间谍所用远镜，日不去手，此时吾辈高扬三色国旗，有无数人民结队而行，岂其远镜已毁耶？故余谓总统：德人诚懒汉，此时倘以巨弹来，吾辈势必尽歼。然弹竟不至，亦始终未闻枪炮声，而两日中人民欢呼若狂，自庆其终得自由，竟未有丝毫悲惨之事，如病死埋葬之类，以破其兴会，亦难能矣。

阿尔萨斯人之眷怀祖国，乃其光复后万众欢腾之状如是，而德人犹谓按诸地势，揆诸人事，阿尔萨斯当属德，不当属法。似此不经之言，盛行于莱茵河之彼岸，宜也，不幸而渡河，无识小民信以为确，犹可恕也；奈何前此衮衮诸公，自号专政学家者，亦从而信之，以厚负吾法兰西之阿尔萨斯耶！

（五年十二月，上海）

马丹撒喇倍儿那

（节译 Cleveland Moffett 所作《今世女界第一人物》，
原文见美国《真克鲁尔月报》一九一七年二月号）

今世最有名望之妇女为谁？其能以心的力量，与精神的感化力，及其事业之成功，使其自身为世界中一最有趣味之妇女者为谁？质言之，今世女界中堪称第一人物者为谁？吾苟持此问题，集全世界人而为一总投票，结果殆必马丹撒喇倍儿那（Madame Sarah Bernhardt）当选无疑。

马丹之名，举世无不知者，即远至亚洲非洲，亦称道弗衰。亦或简称其字曰撒拉，则犹拿破仑亚历山大辈之只须称以族姓，不必更举其字也。

马丹在本国时，以嚣俄（Victor Hugo）之怀才自负，目无馀人，而一见所演《吕勃拉》（Ruy Bias），是剧即嚣俄所编，言西班牙皇宫中，有一仆役与皇后相爱，惧皇帝问罪，杀之，又自杀以全皇后之名誉。竟不惜屈膝其前，榄［揽］其手而亲之以吻。

其至外国京城时，魔力之大，直如上国君主下临属国。帝王也，而屈尊兀坐于包厢之中，为之鼓掌；皇后也，而手执玫瑰之花球，对舞台而遥掷；钻石之宝星，则一赠再赠；皇室之车马汽船，则有专差承候，供其随时乘用。

在伦敦时，首相格兰斯敦（Gladstone）曾躬诣其宅，与论《菲特儿》（Pb è dre）Racine 所作。一剧之情节。威尔斯亲王及王妃，且自远道归来，一亲颜色。

在纽约时，大发明家爱迪生（Edison）谢客久矣，闻其至，则色然喜曰："此拿破仑以后一人也，吾不可以不见。"乃为开一夜会，且大演电术以示敬意。以下四节半，详述马丹在美国各处演剧时大受欢迎状况，并详记所得金钱之数，均琐屑不必译。惟记其在纽约演《茶花女》一剧，第三幕毕，叫幕十七次；全剧告终，叫幕二十九次；出剧场时，迟于门外，欲与握手者，多至五万人。又总计在美国演剧，凡一百五十六次，得资五十三万三千五百二十金，平均每次三千余金，在世界演剧史中，均为从古未有之成绩云。

马丹老矣，而精神犹健，似决不愿以衰老二字，自杀其成功之志望，尝谓"已得胜利，乃过去之事实，不足道。吾惟努力前进，期时时有一新胜利见于吾前，吾意乃慰。"故通常女伶，一至暮年，即销声匿迹，不复与世人相见，日惟衣宽大之衣，倦坐安乐椅中，手抚椅柄，对炉中熊熊活火作微笑，似谓此中有无限佳趣。马丹则视暮年与妙龄无殊，当一九〇九年，渠风尘仆仆，往还欧美二洲之间，得资可数百万法郎，时年已六十有四矣，然犹是英气扑人眉宇，一火花四射之明星也。

去年马丹至美，某报派一少年记者往见之，出一亲笔署名册向乞真迹留作纪念，讫，问曰："马丹对于此次大战，作何观念？"马丹微笑曰："先生以为余当作何观念？"曰："吾不知。"马丹曰："吾亦不自知。"少停，记者又问曰："马丹预料大战何时可了？"马丹亦曰："先生预料大战何时可了？"记者曰："吾不知。"马丹曰："吾亦不知。"于是二人默然相对。记者自知无可再问，即起立告辞曰："马丹再会。"马丹笑送之门，曰："先生再会。"记者出，弹指自叩其脑曰："好奇怪。"马丹则回问其书记曰："他说些什么！"

去冬十月，马丹离美之前，演一新编之战剧，以为临别纪念；余幸亦列座。此剧情节，乃一法国少年掌旗军官亲语马丹，而马丹据实制为剧本者。余见舞台之上，残阳衰草之中，此七十一岁之老女杰，自饰少年军官，当其弹丸贯胸，血流遍体，犹手抱三色国旗而疾走，至力竭仆地，乃发其最后之呼声曰："英吉利万岁！法兰西万岁！"而手中尚紧抱国旗勿舍。嗟乎！此景此情，吾知五十年后，凡曾于是日到院观剧之人，犹必洒其老泪，呼子若孙而语之曰："吾于某年某月某日之夕，目睹此垂死之少年军官也。"

全剧科白，以演绎"耶稣在喀尔伐里（Calvary）之祈祷"喀尔伐里乃耶路撒冷附近之一小山，即耶稣受刑处。一节尤最佳；其于“渠等明知而故犯，望勿赦其罪”（Neles pardonnezpas：Ils savent ce qu’ils font）一语，凡三易其辞，今直录之，愿读者瞑目一想：

“渠等背弃誓言，欲以人血染历史，毁我寺院，戮我子弟，乱我妇女。天主！渠等明知而故犯，望勿赦其罪。”

“渠等违背条约，阻止人道之进行。如有小弱之国，宁死勿辱，出全力以自卫者，渠等亦弥增其暴力以摧灭之，即尽歼其人民，亦所勿顾。天主！渠等明知而故犯，望勿赦其罪。”

“天主！长夜将过，愿汝于天明之后，勿更以爱惠加诸渠等，而令其永受苦恼，倍于吾等所受；愿汝以不疲不息之手痛扑之；愿汝以永流不息，永拭不干之眼泪渥其身。天主！渠等明知而故犯，望勿赦其罪。”原文每节之下，均有评语，今删去。

马丹在美时，余候至四日之久，始能见于旅馆中，谈话可一小时。然余甚以为幸，因求见马丹者，日必数百人，马丹按次延见，往往有候至十数日，而谈话不过数分钟者。此下删去原文十四行，均言其延见宾客忙碌之状。既相见，余即问曰：“马丹，吾知人主所能供给之物，凡荣誉愉快爱情三者，殆已为马丹一人享尽。今马丹于艺术界与女界之中，均为不世出之怪杰，见人所不能见，为人所不能为，享人所不能享，直欲使世上一切大人先生，相率罗拜于马丹足下，而……”言未已，马丹即笑问曰：“君言信耶？”余曰：“如何勿信？此非鄙见独然，知马丹者均作是言也。然以所罗门之尊荣富贵，犹言‘世事空虚，人生如幻。生乎斯世，无非劳苦其灵魂，览一失望之终局。’不知马丹亦有此观念否？”马丹曰：“此言吾决不能信，吾知人生为一真实之事，且为一值得经过之事。吾年虽老，犹日日竭吾智力，于此真实不虚之生命中，自求其日新月异之趣味。因吾知吾人只有一个生命，有此现成之生命而放弃之，而欲于意想中另求一不可必得之生命者，妄也。”余闻言大奇，以马丹为旧教信徒，此种思想，实与教义大背。因问曰：“如马丹言，彼宗教家谓吾人于现有之肉体生命外，将来更有一灵魂生命，其言不足信矣。”曰：“然，吾不信此说。”曰：“吾人尽此肉体生命之力量，果能满足吾辈之欲望，而使其全无缺陷否，此亦一问题也。”马丹曰：“欲解决此问题，不必问人，但须问己。吾以为吾人意志中之大隐力，实神怪不可思议，倘能运用之，发达之，则吾辈体中，人人各有其梦想所不及之能力在。吾人事业之成功与否，与夫心之所羡，身之所乐之果能如愿与否，胥可与此种能力决之。”此下删去原文二十余行，乃无关紧要之谈话。

余又问：’马丹对于‘死的问题’有何见解？”马丹曰：“余认定‘人生’为‘乐趣’之代名词，故乐趣消失之日，即为身死之日。去年二月，余右足发一巨疽，以行动不能自由为苦。谋诸医生，医生曰：‘用手术去此足，代以木足，则术恙，否则疽即愈，此足终不能复动。’余即促其施术，时余子在侧，涕泣言：‘母年高，不能当此。施术不慎，是以性命为儿戏。不施术，即瘓，亦何害。’余曰：‘施术不慎固死，瘓亦何异于死；同一死也，而施术可以未必死，何阻为？’今吾右足已易木足，行动无殊于往时。吾于致谢医者之神术而外，更当自谢其见识与决心。否则今日之日，吾已为一淹滞病榻之陈死人，朝朝暮暮，惟有哭出许多眼泪，向废足挥洒而已。”

马丹于来美之前数月，曾至法国战壕中演剧六次，余叩以当时情况何若，答言：“此为吾毕生最悲惨之经历，亦为吾毕生最愉快之事业。吾在巴黎及各大都市演剧，虽承观者不弃，奖誉有加，要其爱我之诚，终莫此辈可怜之前敌兵士若。吾于是发生一种观念，以为我之技术，用于它处仅为普通之感化与慰藉，用于战壕之中，乃始有接触人类灵魂之意味。”

余问：“马丹年事日增，何以精力不损？”马丹笑曰：“吾亦不自知其所以然。即与吾相习之医者，亦言‘他人终有衰老之日，独此媪弗尔。察其体质，初无过人处，此诚咄咄怪事。’然吾仔细思索，知吾今日之不老，实种根于九岁时。尔时吾为小学生，一日，与一表弟同作跳沟之戏，失慎落沟中，伤臂流血，父兄辈咸戒余后此不可复跳。余曰：‘否，无论如何，余必跳。’后校中比赛运动，余以优胜，应得奖品，先生问余何欲，余曰：‘余不喜实物之奖品，但愿先生书无论如何四［字］予之可矣。’先生不解，告以故，则喜曰：‘此子可教，’遂取素笺，书‘无论如何尔终胜’数字，以作奖品。自是以后，吾数十年来刻刻不忘者，即此数字。故年达七十，犹日必骑马行数里，或击网球一二小时。至去年断足以后，始改习较柔软之室内运动，然仍按日练习，无论如何不肯中辍。吾老而不衰，其理或在斯乎。”夫以一七十一岁之老嫗，年齿与吾辈之祖母若曾祖母等，又折其一足，而犹能秉承“无论如何”之教训，实行其身体锻炼，试问此等人当今有几。

马丹一生行事，无时不有“无论如何”之观念。某年，渠在法兰西戏院演剧，余适与同寓。时天气温和，常人咸衣单薄之衣，而马丹犹御皮服，似其寒疾已深，然仍每夕登台，未尝因病辍演。又有一次，时在马丹中年，渠患肺病，尚于每夕演剧之外，精修雕刻之术。有问其何必自苦至此者，马丹曰：“吾身上有病，心中无病，病其奈我何？吾晨以八时起，骑马至郊外吸清气，自十时始，即独居一堂，治雕刻术；有时脑昏欲晕，弗顾也。”又有一次，乃马丹受伦敦某剧院之聘，准备登台之第一夕；妆已上矣，忽病发，晕扑于后台化妆室者凡三次，而绣幕既启，马丹依旧登场，观者均大满意而去。凡此所述，马丹自谓得力于“无论如何”四字，余则因以制成一定理曰：“人心万能。”此节原文共四节二十九行，兹仅节译大意。

去冬马丹至美，甫离“西班牙”号船，纽约各日报各杂志记者，已群集旅馆中候之。尔时天甫破晓，马丹睡眠未足，又已在大西洋狂风巨浪中颠簸多日，其劳瘁可不待言。乃一入旅馆厅事，见记者辈方骈坐以待，即整顿精神，与谈此次航海西来情事，清言娓娓，历数小时不倦，惟命侍者取鲜葡萄少许及牛乳一杯，以润枯吻。记者辈乃欢喜出望外，各出铅笔小册，乘其啖葡萄饮牛乳时疾书之。马丹所言，以十月八日事为最有趣。渠谓“是日为星期，船主于晨间接得一无线警电，言‘昨晚已有商轮六艘，为德国潜艇轰却，君船当严为戒备。’于是船上执事者大忙，尽出救生之物分发乘众，且放下救生艇，俾一有警耗，即可登艇。而搭客之纷扰，尤不可名状。余思戒备固当，纷扰胡为者，即商诸船主，假会食处演剧娱客；所得剧资，概由船主代收，捐充红十字会经费。搭客闻此消息，无不转惊为喜，纷纷纳资购票。余乃在此死神临顶之关头，仍抱吾‘无论如何’之素志，尽出吾技以娱嘉宾。而德国潜艇竟幸而未至，彼无数搭客之无限恐慌，亦竟为吾之‘无论如何’轻轻抹过。”

余问：“马丹嗓音清越，历久不坏，亦有保护之法否？”马丹曰：“嗓音好坏，本属天然。然保护不力，天分虽佳，中年以后无不倒嗓者。余护嗓之法，首在不束胸以害肺，次则保持呼吸之平均，使肺中恒有充分之清鲜空气。至于饮食，余恒主宁少勿多，肉类尤非所嗜，然此与全体卫生有关，不仅肺喉二部也。”

马丹演剧，得资极多，然性好挥霍，金钱到手辄尽。余因问其对于财产之观念。渠谓：“金钱与财产，实不能成为问题，吾苟需钱，但须演剧数月，即可得五六十万法郎。倘斤斤于居积，费却许多精神，转使可以化作适合人生之乐趣之金钱，居于绝对无用之地，自己凭空添出无限不适人生之烦恼，宁非大愚。”余曰：“马丹以须钱之故，乃肯认真演剧；倘不必作事，而每年能有数百万法郎之入款，马丹将安坐而食耶？抑仍认真演剧耶？”曰：“吾人作事，倘必有金钱驱策于其后，则其人必为一不知人生真趣之蠢物。然使果如君言，吾虽仍以劳动为乐，却只愿以一小部分之精力从事演剧，而以一大部分从事于雕刻与绘画，因雕刻绘画，事业较演剧略高，而成绩之流传于世间者，其时间也较为久远。故就实际言，吾以演剧为业，非出于中心之抉择，实为生活所驱策也。”余曰：“愿马丹恕我此问：马丹于雕刻绘画二事，亦如演剧之性质相近否？”曰：“比演剧尤近。”乃历举其成绩，谓一八七七年，制一图曰“阵雨之后”，经法国巴黎沙龙给予优等奖；后二年，又以云马石刻此图，形较小，鬻于伦敦，得价二千金；又有油画一幅，绘一妙龄女郎，手持棕榈数枝，独立作微笑状，英国莱顿勋士（Sir Frederick Leighton）盛称之，后为比国李奥朴特亲王（pr-inceLeopold）购去。以上三节，原文共一百五十余行，兹仅译其大意。

普法战争之后，各处盛传马丹拒绝德皇事，谓“德皇欲延马丹至柏林演剧，马丹谢曰：‘德皇，吾仇也，吾奈何以吾技娱吾仇？渠能举阿尔萨斯归吾法兰西者，仇立释；仇释，吾明日至柏林矣。’使者往还数次，马丹坚执其言，终不成议。”余问此说完全可信否，马丹曰：“此中尚有传闻失实处。初，吾欲至阿尔萨斯演剧，德人以邀吾先至柏林演剧为交换条件，商量至数年之久，余终不许。后余以甚念阿尔萨斯州人，必欲一至其地，即自甘退让，先至柏林。在柏林开演数日之后，忽德皇使人来言，欲亲至院中观剧，余以坚决之辞谢使者曰：‘为我代白凯撒，渠倘能以阿尔萨斯一州为吾演剧之代价，则如命。否则渠自前门入院，吾即自后门而逃，幸毋责我以大杀风景也。’德皇知余终不可强，果未至。又有一次，时在普法战争十年之后，余在哥本哈给（CoPenhagen）演剧，一风度翩翩之德国大使，每日遣人以鲜花赠余，余一一却之。至演剧完毕之日，渠又开一极盛之夜宴会，为吾饯行。余觉情不可却，应约往，则在坐陪席者，均一时巨官贵妇。宴将毕，此不知趣之大使，举杯起立，高声言曰：'吾为此多才多艺之法国大女伶祝福，兼祝产此美人之法兰西！'余以其语意轻薄，立即报以冷语曰：'愿君为吾法兰西全体祝福，普鲁士大使先生！'于是宾主不欢而散。次晨五时许，余尚未起，忽为喧扰声惊醒，披衣出视，乃有德官一人，自称毕士麦之代表，声势汹汹，欲强余至大使馆谢罪。余冷笑曰：'速去，毋扰吾睡！有话可叫毕士麦或凯撒自己来说，谁与汝喋喋者！'德官无奈我何，竟沮丧去。"余笑曰："如马丹言，马丹殆善闹脾气者。"马丹曰："然。余生平不肯让人，遇不如意事，每易发怒。昔小仲马作《l'Etrangere》一剧，备吾演唱，既成，忽以剧名失之过激，有更改意。余闻而大怒，造其室，痛骂之，谓'汝敢易去一字母者，吾必与汝决斗！汝既摇笔为文，尚欲忘却本心，为敷衍他人地耶？'时仲马亦不肯退让，二人挥拳抵几，呶呶然出恶言互詈；争执达半日，各至力竭气喘，不能更发一言而罢。而剧名卒未改。此下删去原文一百三十余行，所记均起居琐事。

马丹恒自称为小儿。数年前，十月二十三日，为其六十七岁寿辰，渠谓贺者曰："诸公可取果饵来，且可亲我之吻。我已往所过六十年，今已不算，只从一岁重新算起。诸公对此七岁之老小儿，理当啖以果饵而亲其吻也。"贺者见其风趣如此，果如所言。

马丹之哲学思想，谓"无论何时何世，人类决不能各得其真正之适宜，因世间奇才异能之士，往往处于为人所用之低地位，而无丝毫之权力；其有权力以用之者，卒为全无才能之蠢物。是才能与权力，永远不能相遇，即永远不能得其适宜。质言之，凡有奇才异能者，都出其才能以为他人之奴隶，而换得区区一饱之代价。此种现象，无论政体社会有何变更，非至世界消灭之日不止。"

余问马丹对于战争之意见，其答语曰："战争为吾毕生最恨之名词，是为邪慝与耻辱与惨痛之混合物。凡一切盗窃与罪恶，一入战争时代，即可一概赦免，不复认为恶事，又从而提倡之、力行之，使为人类无上之光荣焉！"

余问对人之道如何，马丹曰："人生苦短，即臻上寿，亦决不能与全世界之人类一一接触。故吾辈对人当分二种，其能与吾辈接触之一小部分，即与吾辈生直接之爱恶关系者，吾辈可自审其爱恶之合于正义与否，而以相当之道待之。易言之，吾辈之生命，大半当消长于此等人之中也。其与吾辈不相接触之一大部分，无论善恶苦乐，均是路人，对待之法，只须牢记‘恕而不忘’一语，多爱少恨而已。”

马丹曰：“余生平有一不肯抛弃希望不肯失却胆量之信念，无论何等难事，余必与对面为敌；无论何等重任，余必竭力担承之。”

余有一友，尝问马丹“人生最重要者是何事物？”其答语为“是工作与爱。能爱人，能爱生命，能爱工作，则君可永远不老。吾爱人，吾乃为人所爱。吾工作无已时，故吾年七十有一而犹为少年。”

（六月三日，江阴）

诗人的修养

从约翰生（Samuel Johnson）的《拉塞拉司》（Rassela）一书中译出；书为寓言体，言亚比西尼亚（A byssini）有一王子，曰拉塞拉司，居快乐谷（The Happy valley）中，谷即人世“极乐池”（Paradise），四面均高山，有一秘密之门，可通出入。王子居之久，觉此中初无乐趣，遂与二从者窍门而逃，欲一探世界中何等人最快乐，卒遍历地球，所见所遇，在在均是苦恼；兴尽返谷，始怵然于谷名之适当云。

应白克曰：“……我辈无论何往，与人说起做诗，大家都以为这是世界上最高的学问，而且将它看得甚重，似乎人之所能供献于神的自然界者，便是个诗。然有一事最奇怪，世界不论何国，都说最古的诗是最好的诗。推求其故，约有数说：一说以为别种学问，必须从研究中渐渐得来，诗却是天然的赠品，上天将它一下子送给了人类，故先得者独胜。又一说谓古时诗家，于榛柸蒙昧之世，忽地做了些灵秀婉妙的诗出来，诗人惊喜赞叹，视为神圣不可几及；后来信用遗传，千百年后，仍于人心习惯上，享受当初的荣誉。又一说谓诗以描写自然与情感为范围，而自然与情感，却始终如一，永久不变；古时诗人，既将自然中最足动人之事物，及情感中最有趣味的境遇，一概描写净尽，一些没有留给后人，后人做诗，便只能跟着古人将同样的事物，重新抄录一通；或将脑筋中同样的印象，翻个花样布置一下，自己却创造不出什么。此三说孰是孰非，且不必管。总而言之，古人做诗，能把自然界据为己有，后人却只有些技术；古人能有充分的魄力与发明力，后人却只有些饰美力与敷陈力了。

我甚喜作诗，且极望微名得与前此至有光荣之诸兄弟并列。波斯及阿拉伯诸名人诗集，我已悉数读过，又能背诵麦加大回教寺中所藏诗卷。然仔细想来，只是模仿，有何用处？天下岂有只从模仿上着力，而能成其为伟人哲士者？于是我爱好之心，立即逼我移其心力于自然与人生两方面：以自然为吾仆役，恣吾驱使，而以人生为吾参证者，俾是非好坏，得有一定之依据，自后无论何物，倘非亲眼见过，决不妄加描写；无论何人，倘其意向与欲望，尚未为我深悉，我亦决不望我之情感，为彼之哀乐所动。

我即立意要作一诗人，遂觉世上一切事物，各各为我生出一种新鲜意趣来。我心意所注射的地域，亦于刹那间拓充百倍；自知无论何事，无论何种知识，均万不可轻轻忽过。我尝排列诸名山诸沙漠之印象于眼前，而比较其形状之同异；又于心头作画，凡森林中有一株之树，山谷中有一朵之花，但令曾经见过，即收入幅中；岩石之顶点，宫阙之高尖，我以等量之心思观察之；小河曲折，细流淙淙，我必循河徐步，以探其趣；夏云倏起，弥布天空，我必静坐仰观，以穷其变。所以然者，深知天下无诗人无用之物也。而且诗人理想中，尤须有并蓄兼收的力量。事物美满到极处，或惨怖到极处，在诗人看来，却是习见。大而至于不可方物，小而至于目不能见，在诗人亦视为相习有素，不足为奇。故自园中之花，森林中之野兽，以至地下之矿藏，天上之星象，无不异类同归，互相联结，而存储于诗人不疲不累之心机中。因此等意思，大有用处，能于道德或宗教的真理上，增加力量；小之，亦可于饰美上增进其自然真确之描画。故观察愈多，所知愈富，则作诗时愈能错综变化其情境，使读者睹此精微高妙之讽辞，心悦诚服，于无意中受一绝妙之教训。

因此之故，我于自然界形形色色，无不悉心研习；足迹所至，无一国无一地不以其特有之印象相惠，以益我诗力而偿我行旅之劳。

拉塞拉司曰："君游踪极广，见闻极博，想天地间必尚有无数事物，未经实地观察。如我之偏处群山之中，身既不能外出，耳目所接，悉皆陈旧，欲见所未见，察所未察而不可得，则如何？"

应白克曰："诗人之事业，是一般特性的观察，而非各个的观察。但能于事物实质上大体之所备具，与形态上大体之所表见，见着个真相便好。若见了郁金香花，便一株株的数它叶上有几条纹；见了树林，便一座座的量它影子是方是圆，多长多阔，岂非麻烦无谓。即所作的诗，亦只须从大处落墨，将心中所藏自然界无数印象，择其关系最重而情状最足动人者，一一陈列出来，使人见了，心中恍然于宇宙的真际，原来如此。至于意识中认为次一等的事物，却当付诸删削。然这删削一事，也有做得甚认真的，也有做得甚随便的。这上面就可见出谁是留心，谁是贪懒来了。

但诗人观察自然，只还下了一半功夫；其又一半，即须娴习人生现象：凡种种社会种种。人物之乐处苦处，须精密调查，而估计其实量。情感的势力，及其相交相并之结果，须设身处地以观察之。人心的变化，及其受外界种种影响后所呈这异象，与夫因天时及习俗的势力，所生的临时变化，自人人活泼康健的儿童时代起，直至其颓唐衰老之日止，均须循其必经之轨道，穷迹其去来之踪。能如是，其诗人之资格犹未尽备，必须自能剥夺其时代上及国界上牢不可破之偏见，而从抽象的及不变的事理中判断是非；犹须不为一时的法律与舆论所羁累，而超然高举，与至精无上万古不移的真理相接触。如此，则心中不特不急急以求名，且以时人的推誉为可厌，只把一生欲得之报酬，委之于将来真理彰明之后。于是所做的诗，对于自然界是个天人联络的译员，对于人类是个灵魂中的立法者。他本人也脱离了时代与地方的关系，独立太空之中，对于后世一切思想与状况，有控御统辖之权。

虽然，诗人所下苦工，犹未尽也：不可不习各种语言，不可不习各种科学；诗格亦当高尚，俾与思想相配；至措词必如何而后隽妙，音调必如何而后和叶，尤须于实习中求其练熟。……"

（六年五月，江阴）

辟《灵学丛志》

由南而北之《丹田》谬说，余方出全力掊击之；掊击之效验未见，而不幸南方又有灵学会，若盛德坛，若《灵学丛志》出现。

陈百年先生以君子之道待人，于所撰《辟灵学》文中，不斥灵学会诸妖孽为“奸民”，而姑婉其词曰“愚民”；余则斩钉截铁，劈头即下一断语曰“妖孽”，曰“奸民作伪，用以欺人自利。”

就余所见《灵学丛志》第一期观之，几无一页无一行不露作伪之破绽。今于显而易见者，除玄同所述各节外，略举一二，以判定此辈之罪状：——

（一）所扶之乩，既有“圣贤仙佛”凭附，当然无论何人可以扶得，何以“记载”栏中，一则曰“扶手又生”，再则曰“以试扶手”，甚谓“足征扶手进步，再练旬日，可扶《鬼神论》矣”，及“今日实无妙手，真正难扶”云云。试问所练者何事？岂非作伪之技，尚未纯熟耶？此之谓“不打自招！”（杨璿《扶乩学说》中，言“扶乩虽童子或不识字者，苟宿有道缘，或素具虔诚之心，往往应验，”正是自打巴掌。）

（二）玉英真人《国事判词》中，言“吾民处旁观地位，……尚望在位者稍知省悟，……庶有以苏吾民之困，……”试问此种说话，岂类“仙人”口吻！想作伪者下笔失检，于不知不觉之中，以自己之身份，为“仙人”之身份，致露出马脚耳。

（三）《性灵卫命真经》之按语中，言“此经旧无译本，系祖师特地编成”。既称无译本，又曰特地编成，其自相矛盾处，三尺童子类能知之。然亦无足怪。米南宫之法帖，既可一变而为米占元，则本此编辑滑头书籍之经验，何难假造一部佛经耶？

（四）佛与耶与墨，教义各不相同，乃以墨子为佛耶代表，岂佛耶两教教徒，肯牺牲其教义以从墨子耶？且综观所请一切圣贤仙佛中，并无耶教教徒到台，请问墨子之为耶教代表，究系何人推定？又济祖师《宗教述略》中，开首便言“耶稣之说，并无精深之理，不足深究其故”；中段又言耶教“盛极必招盈满之戒，如我教之当晦而更明也”。此明明是佛教与耶教起哄，墨子尚能以一人而充二教之代表耶？

（五）所谓圣贤仙佛，杂入无数小说中人。小说中人，本为小说家杜撰，藉曰世间真有鬼，此等人亦决无做鬼之资格。而乃拖泥带水，一一填入，则作伪者之全无常识可知。吾知将来如有西人到坛，必可请福尔摩斯探案，更可与迦茵马克调弄风情也！

（六）简章第九条谓“每逢星期六，任人请求医方，或叩问休咎疑难”，此江湖党“初到扬名，不取分文”之惯技也。下言“但须将问题先交坛长坛督阅过，经许可后，方得呈坛”，此则临时作伪不可不经之手续，明眼人当谅其苦心！

（七）关羽卫瓘济颠僧等所作字画，均死无对证，不妨任意涂造，故其笔法，彼此相同，显系出自一人之手。惟岳飞之字，世间流传不少，假造而不能肖合，必多一破绽，故挖空心思，另造一种所谓“香云宝篆”之怪字代之，此所谓“鼯鼠五技而穷”。

（八）玉鼎真人作诗，“独行吟”三字，三易而成，吴稚晖先生在旁匿笑，乩书云：“吾诗本随意凑成，……不值大雅一笑也。”真人何其如此虚心，又何其如此老脸！想亦“扶手太生”，临场恍惚，致将拟就之词句忘却，再三修改，始能勉强“凑成”耳！

（九）丁福保以默叩事请答，乩书七绝一首，第一语为“红花绿柏几多年”，后三语模糊不能全读；后云，“此本不可明言，因君以默祷我故，余亦以诗一首报。”以此与第六项所举参观之，未有不哑然失笑者。

以上九节，均为妖人作伪之铁证，益以玄同文中所述各节，吾乃深恨世间之无鬼，果有鬼者，妖人辈既出其种种杜撰之技俩以污蔑之，鬼必盐其脑而食其魂！至妖人辈自造之谬论，如丁福保谓禽兽等能鬼，丁某似非禽默，不知何由知之；又言鬼之行动如何，饮食如何，丁某似尚未堕入恶鬼道，不知何由知之（友人某君言，“丁某谓身死之后，一切痛苦，皆与灵魂脱离关系；信如某言，世间庸医杀人，当是无上功德”）；至俞复之谓“鬼神之说不张，国家之命遂促”；陆某之将其所作《灵魂与教育》之谬论，刊入《教育界》，——《教育界》登载此文，正是适如其分；然使之识浅薄之青年见之，其遗毒如何？如更使外人调查中国事情者见之，其对于中国教育，及中国人之人格所下之评判又如何？——则吾虽不欲斥之为妖言惑众，不可得矣！

虽然，彼辈何乐如此？余应之曰，其目的有二，而要不外乎牟利：——

（一）为间接的牟大利，读者就其“记载”栏中细观之，当知其用意。

（二）为直接的牟小利，而利亦不甚小。中国人最好谈鬼，今有此技合嗜好之《灵学丛志》应运而生，余敢决其每期销数必有数千份之多，益以会友，会员，正会员，特别会员等年纳三元以至五十元之会费，更益以迷信者之“随意捐助”，岂非生财有大道耶？

呜呼！我过上海南京路吴舰光倪天鸿之宅，每闻笙箫并奏，铙鼓齐鸣，未尝不服两瞽用心之巧，而深叹伏拜桌下之善男信女之愚！今妖人辈扩两瞽之盛业而大之，欲以全中国之士大夫为伏拜桌下之善男信女，想亦鉴夫他种滑头事业之易于拆穿，不得不谋一永久之生计。惜乎作伪之程度太低，洋洋十数万言之杂志，仅抵得《封神传》中“逆畜快现原形”一语！

（七年四月，北京）

“作揖主义”

沈二先生与我们谈天，常说生平服膺《红》《老》之学。《红》，就是《红楼梦》；《老》，就是《老子》。这《红》《老》之学的主旨，简便些说，就是无论什么事，都听其自然。听其自然又是怎么样呢？沈先生说：“譬如有人骂我，我们不必还骂：他一面在那里大声疾呼的骂人，一面就是他打他自己。我们在旁边看着，也很好，何必费着气力去还骂？又如有一只狗，要咬我们，我们不必打它，只是避开了就算；将来有两只狗碰了头，自然会互咬起来。所以我们做事，只须抬起了头，向前直进，不必在这抬头直进四个字以外，再管什么闲事；这就叫作听其自然，也就是《红》《老》之学的精神。”我想这一番话，很有些同托尔斯泰的不抵抗主义相像，不过沈先生换了个《红》《老》之学的游戏名词罢了。

不抵抗主义我向来很赞成，不过因为有些偏于消极，不敢实行。现在一想，这个见解实在是大谬。为什么？因为不抵抗主义面子上是消极，骨底里是最经济的积极。我们要办事有成效，假使不实行这主义，就不免消费精神于无用之地。我们要保存精神，在正当的地方用，就不得不在可以不必的地方节省些。这就是以消极为积极：不有消极，就没有积极。既如此，我也要用些游戏笔墨，造出一个“作揖主义”的新名词来。

“作揖主义”是什么呢？请听我说：——

譬如早晨起来，来的第一客，是位前清遗老。他拖了辫子，弯腰曲背走进来，见了我，把眼镜一摘，拱拱手说：“你看！现在是世界不像世界了：乱臣贼子，遍于国中，欲求天下太平，非请宣统爷正位不可。”我急忙向他作了个揖，说：“老先生说的话，很对很对。领教了，再会罢。”

第二客，是个孔教会会长。他穿了白洋布做的“深衣”，古颜道貌地走进来，向我说：“孔子之道，如日月经天，江河行地。现在我们中国，正是四维不张，国将灭亡的时候；倘不提倡孔教，昌明孔道，就不免为印度、波兰之续。”我急忙向他作了个揖，说：“老先生说的话，很对很对，领教了，再会罢。”

第三客，是位京官老爷。他衣冠楚楚，一摆一踱的走进来，向我说：“人的根，就是丹田。要讲卫生，就要讲丹田的医生。要讲丹田的医生，就要讲静坐。你要晓得，这种内功，常做了可以成仙的呢！”我急忙向他作了个揖，说：“老先生说的话，很对很对。领教了，再会罢。”

第四五客，是一位北京的评剧家，和一位上海的评剧家，手携着手同来的。没有见面，便听见一阵“梅郎”“老谭”的声音。见了面，北京的评剧家说：“打把子有古代战术的遗意，脸谱是画在脸孔上的图案；所以旧戏是中国文学美术的结晶。”上海的评剧家说：“这话说得不错呀！我们中国人，何必要看外国戏；中国戏自有好处，何必去学什么外国戏？你看这篇文章，就是这一位方家所赏识的；外国戏里，也有这样的好处么？”他说到“方家”二字，翘了一个大拇指，指着北京的评剧家，随手拿出一张《公言报》递给我看。我一看那篇文章，题目是“佳哉剧也”四个字，我急忙向两人各各作了一个揖，说：“两位老先生说的话，很对很对。领教了，再会罢。”

第六客是个玄之又玄的鬼学家。他未进门，便觉阴风惨惨，阴气逼人，见了面，他说：“鬼之存在，至今日已无丝毫疑义。为什么呢？因为人所居者为“显界”，鬼所居者，尚别有一界，名“幽界”。我们从理论上去证明它，是鬼之存在，已无疑义。从实质上去证明它，是搜集种种事实，助以精密之器械，继以正确之试验，可知除显界外，尚有一幽界。”我急忙向他作了个揖，说：“老先生说的话，很对很对，领教了，再会罢。”

末了一位客，是王敬轩先生。他的说话最多，洋洋洒洒，一连谈了一点多钟。把“中学为体，西学为用”八个字，发挥得详尽无遗，异常透彻。我屏息静气听完了，也是照例向他作了个揖，说：“老先生的话，很对很对。领教了，再会罢。”

如此东也一个揖，西也一个揖，把这一班老伯，大叔，仁兄大人之类送完了，我仍旧做我的我：要办事，还是办我的事；要有主张，还仍旧是我的主张。这不过忙了两只手，比用尽之心思脑力唇焦舌敝的同他们辩驳，不省事得许多么？

何以我要如此呢？

因为我想到前清末年的官与革命党两方面，官要尊王，革命党要排满；官说革命党是“匪”，革命党说官是“奴”。这样牛头不对马嘴，若是双方辩论起来，便到地老天荒，恐怕大家还都是个“缠夹二先生”，断断不能有什么谁是谁非的分晓。所以为官计，不如少说闲话，切切实实想些方法去捉革命党。为革命党计，也不如少说闲话，切切实实想些方法去革命。这不是一刀两断，最经济最爽快的办法么？

我们对于我们的主张，在实行一方面，尚未能有相当的成效，自己想想，颇觉惭愧。不料一般社会的神经过敏，竟把我们看得像洪水猛兽一般。既是如此，我们感激之余，何妨自贬声价，处于“匪”的地位；却把一般社会的声价抬高——这是一般社会心目中之所谓高——请他处于“官”的地位？自此以后，你做你的官，我做我的匪。要是做官的做了文章，说什么“有一班乱骂派读书人，其狂妄乃出人意表。所垂训于后学者，曰不虚心，曰乱说，曰轻薄，曰破坏。凡此恶德，有一于此，即足为研究学问之障，而况兼备之耶？”我们看了，非但不还骂，不与他辩，而且还要像我们江阴人所说的“乡下人看告示”，奉送他“一篇大道理”五个字。为什么？因为他们本来是官，这些话说，本来是“出示晓谕”以下，“右仰通知”以上应有的文章。

到将来，不幸而竟有一天，做官的诸位老爷们额手相庆曰：“谢天谢地，现在是好了，洪水猛兽，已一律肃清，再没有什么后生小子，要用夷变夏，蔑污我神州四千年古国的文明了。”那时候，我们自然无话可说，只得像北京括〔刮〕大风时坐在胶皮车上一样，一壁叹气，一壁把无限的痛苦尽量咽到肚子里去；或者竟带了这种痛苦，埋入黄土，做蝼蚁们的食料。

万一的万一竟有一天变作了我们的“一千九百十一年十月十日”了，那么，我一定是个最灵验的预言家，我说：那时的官老爷，断断不再说今天的官话，却要说：“我是几十年前就提倡新文明的，从前陈独秀、胡适之、陶孟和、周启明、唐元期、钱玄同、刘半农诸先生办《新青年》时，自以为得风气之先，其时我的新思想，还远比他们发生得早咧。”到了那个时候，我又怎么样呢？我想，一千九百十一年以后，自称老同盟的很多，真正的老同盟也没有方法拒绝这班新牌老同盟。所以我到那时，还是实行“作揖主义”，他们来一个，我就作一个揖，说：“欢迎！欢迎！欢迎新文明的先知先觉！”

（七年九月，北京）

半农发明这个“作揖主义”，玄同绝对的赞成；以后见了他们诸公，也要实行这个主义。因为照此办法，在我们一方面，可以把宝贵的气力和时间不浪费于无益的争辩，专门来提倡除旧布新的主义；在他们诸公一方面，少听几句逆耳之言，庶几宁神静虑，克享遐龄，可以受《褒扬条例》第九款的优待；这实在是两利的办法。至于“到了万一的万一”那一天，他们诸公自称为新文明的先觉，是一定的；我们开会欢迎新文明的先觉，是对于老前辈应尽的敬礼，那更是应该的。

（玄同附记）

她字问题

有一位朋友，看见上海新出的《新人》杂志里登了一篇寒冰君的《这是刘半农的错》，就买了一本寄给我，问我的意见怎么样。不幸我等了好多天，不见寄来，同时《新青年》也有两期不曾收到，大约是为了“新”字的缘故，被什么人检查去了。

幸亏我定了一份《时事新报》，不多时，我就在《学灯》里看见一篇孙祖基君的《她字的研究》，和寒冰君的一篇《驳<她字的研究>》。于是我虽然没有能看见寒冰君的第一篇文章，他立论的大意，却已十得八九了。

原来我主张造一个“她”字，我自己并没有发表过意见，只是周作人先生在他的文章里提过一提；又因为我自己对于这个字的读音上，还有些怀疑，所以用的时候也很少（好像是至今还没有用过，可记不清楚了）。可是寒冰君不要说，“好！给我一骂，他就想抵赖了！”我决不如此怯弱，我至今还是这样的主张；或者因为寒冰君的一驳，反使我主张更坚。不过经过的事实是如此，我应当在此处声明。

这是个很小的问题，我们不必连篇累牍的大做，只须认定了两个要点立论：一，中国文字中，要不要有一个第三位阴性代词？二，如其要的，我们能不能就用“她”字。

先讨论第一点。

在已往的中国文字中，我可以说，这“她”字无存在之必要；因为前人做文章，因为没有这个字，都在前后文用关照的功夫，使这一个字的意义不至于误会，我们自然不必把古人已做的文章，代为一一改过。在今后的文字中，我就不敢说这“她”字绝对无用，至少至少，总能在翻译的文字中占到一个地位。姑举一个例：

她说，“他来了，诚然很好；不过我们总得要等她。”这种语句，在西文中几乎随处皆是，在中国口语中若是留心去听，也不是绝对听不到。若依寒冰君的办法，只用一个“他”字：

他说，“他来了，诚然很好，不过我们总得要等他。”

这究竟可以不可以，我应当尊重寒冰君的判断力。若依胡适之先生的办法，用“那个女人”代替“她”（见《每周评论》，号数已记不清楚了），则为：

那个女人说，“他来了，诚然很好；不过我们总得要等那个女人。”

意思是对的，不过语气的轻重，文句的巧拙，就有些区别了。

寒冰君说，“我”“汝”等字，为什么也不分起阴阳来。这是很好的反诘，我愿读者不要误认为取笑。不过代词和前词距离的远近，也应当研究。第一二两位的代词，是代表语者与对语者，其距离一定十分逼近；第三位代表被语者，却可离得很近。还有一层，语者与对语者，是不变动，不加多的；被语者却可从此人易为彼人，从一人增至二人以上。寒冰君若肯在这很简易的事实上平心静气想一想，就可以知道“她”字的需要不需要。

需要与盲从的差异，正和骆驼与针孔一样。法文中把无生物也分了阴阳，英文中把国名，船名，和许多的抽象名，都当作阴性，阿拉伯文中把第二位代词，也分作阴阳两性；这都是从语言的历史上遗传下来的，我们若要盲从，为什么不主张采用呢？（我现在还觉得第三位代词，除“她”字外，应当再取一个“它”字”以代无生物；但这是题外的话，现在姑且不说。）

此上所说，都是把“她”字假定为第三位的阴性代词；现在要讨论第二点，就是说，这“她”字本身有无可以采用的价值。关于这一点，可以分作三层说明：

一，若是说，这个字，是从前没有的，我们不能凭空造得。我说，假使后来的人不能造前人未造的字，为什么无论哪一国的字书，都是随着年代增加分量，并不要永远不动呢？

二，若是说，这个字，从前就有的，意思可不是这样讲，我们不能妄改古义。我说，我们所做的文章里，凡是虚字（连代词也是如此），几乎十个里有九个不是古义。

三，若是说，这个字自有本音，我们不能改读作“他”音。我说，“她”字应否竟读为“他”，下文另有讨论；若说古音不能改，我们为什么不读“疋”字为“胥”，而读为“雅”，为“匹”？

综合这三层，我们可以说，我们因为事实上的需要，又因为这一个符号，形式和“他”字极像，容易辨认，而又有显然的分别，不至于误认，所以尽可以用得。要是这个符号是从前没有的，就算我们造的；要是从前有的，现在却不甚习用，变做废字了，就算我们借的。

最困难的，就是这个符号应当读作什么音？周作人先生不用“她”而用“伊”，也是因为“她”与“他”，只能在眼中显出分别，不能在耳中显出分别，正和寒冰君的见解一样。我想，“伊”与“他”声音是分别得清楚了，却还有几处不如“她”：一，口语中用“伊”字当第三位代词的，地域很小，难求普通；二，“伊”字的形式，表显女性，没有“她”字明白；三，“伊”字偏近文言，用于白话中，不甚调匀。我想，最好是就用“她”字，却在声音上略略改变一点。

“他”字在普通语区域中，本有两读：一为t’a用于口语；一为t’ou，用于读书。我们不妨定“他”为t’a，定“她”为t’ou；改变语音，诚然是件难事，但我觉得就语言中原有之音调而略加规定，还并不很难。我希望周先生和孙君，同来在这一点上研究研究，若是寒冰君也赞成“她”字可以存在，我也希望他来共同研究。

孙君的文章末了一段说，“她”字本身，将来要不要摇动，还是个问题，目下不妨看作X。这话很对，学术中的事物，不要说坏的，便是好的，有了更好，也就要自归失败，那么，何苦霸占！

寒冰君和孙君，和我都不相识。他们一个赞成我，一个反对我，纯粹是为了学术，我很感谢；不过为了讨论一个字，两下动了些感情，叫我心上很不安，我要借此表示我的歉意。

寒冰君说，“这是刘半农的错”！又说，“刘半农不错是谁错？”我要向寒冰君说：我很肯认错；我见了王硕的理解，感觉到我自己的见解错了，我立刻全部认错；若是用威权来逼我认错，我也可以对于用威权者单独认错。

（九年六月六日，伦敦）

寄《瓦釜集》稿与周启明

启明兄：

今回寄上近作《瓦釜集》稿本一册，乞兄指正。集中所录，是我用江阴方言，依江阴最普通的一种民歌——“四句头山歌”——的声调，所作成的诗歌十多首。集名叫做“瓦釜”，是因为我觉得中国的“黄钟”实在太多了。单看一部《元曲选》，便有那么许多的“万言长策”，真要叫人痛哭，狂笑，打嚏！因此我现在做这傻事：要试验一下，能不能尽我的力，把数千年来受尽侮辱与蔑视，打在地狱底里而没有呻吟的机会的瓦釜的声音，表现出一部分来。

我这样做诗的动机，是起于一年前读戴季陶先生的《阿们》诗，和某君的《女工之歌》。这两首诗都做得不错：若叫我做，不定做得出。但因我对于新诗的希望太奢，总觉得这已好之上，还有更好的余地。我起初也说不出所以然来。后来经过多时的研究与静想，才断定我们要说谁某的话，就非用谁某的真实的语言与声调不可；不然，终于是我们的话。

关于语言，我前次写信给你，其中有一段，可以重新写出：“……大约语言在文艺上，永远带着些神秘作用。我们做文做诗，我们所摆脱不了，而且是能于运用到最高等最真挚的一步的，便是我们抱在我们母亲膝上时所学的语言；同时能使我们受最深切的感动，觉得比一切别种语言分外的亲密有味的，也就是这种我们的母亲说过的语言。这种语言，因为传布的区域很小（可以严格的收缩在一个最小的地域以内），我们叫做方言。从这上面看，可见一种语言传布的区域的大小，和他感动力的大小，恰恰成了一个反比例。这是文艺上无可奈何的事。”

关于声调，你说过：“……俗歌——民歌与儿歌——是现在还有生命的东西，他的调子更可以拿来利用。”（《新青年》八卷四号《诗》）这是我们两人相隔数万里一个不谋而合的见解。

以上是我所以要用江阴方言和江阴民歌的声调做诗的答案。我应当承认：我的诗歌所能表显，所能感动的社会，地域是很小的。但如表显力与感动力的增强率，不小于地域的减缩率，我就并没有失败。

其实这是件很旧的事。凡读过 Robert Bums，William Barnes，Pardric Gregary 等人的诗的，都要说我这样的解释，未免太不惮烦。不过中国文学上，改文言为白话，已是盘古以来一个大奇谈，何况方言，何况理解！因此我预料《瓦釜集》出版，我应当正对着一阵笑声，骂声，唾声的雨！但是一件事刚起头，也总得给人家一个笑与骂与唾的机会。

这类的诗，我一年来共作了六十多首，现在只删剩三分之一。其实这三分之一之中，还尽有许多可以删，或者竟可以全删，所余的只是一个方法。但我们的奇怪心理，往往对于自己所做的东西，不忍过于割削，所以目下暂且留剩这许多。

我悬着这种试验，我自己并不敢希望就在这一派上做成一个诗人；因为这是件很难的事，恐怕我的天才和所下的工夫都不够。我也不希望许多有天才和肯用功夫的人，都走这条路；因为文学上，可以发展的道路很多，我断定有人能从茅塞粪土中，开发出更好的道路来。

我初意想做一篇较长的文章，将我的理论详细申说，现在因为没有时间，只得暂且搁下。一面却将要点写在这信里，当做一篇非正式的“呈正词”。

我现在要求你替我做一篇序，但并不是一般出版物上所要求的恭维的序。恭维一件事，在施者是违心，在受者是有愧，究竟何苦！我所要求的，是你的批评；因为我们两人，在做诗上所尝的甘苦，相知得最深，你对于我的诗所下的批评，一定比别人分外确当些；但这样又像我来恭维你了！——其实不是，我不过说：至少也总没有胡“蚕眠”先生那种怪谈。

现在的诗界真寂寞，评诗界更寂寞。把“那轮明月”改做“那轮月明”凑韵，是押“称锤韵”的人还不肯做的，有人做了。把新芬党人的狱中绝食，比做伯夷叔齐的不食周粟，是搭截大家还不敢做的，也有人做了。做了不算，还有许多的朋友恭维着。

这种朋友对于他们的朋友，是怎样的心理，我真推想不出。若说这样便是友谊，那么，我若有这样朋友，我就得借着 Wm. Blake 的话对他说：

“Thy friendship of has made my heart to ache:—

Do be my enemy, for friendship's sake.”我希望你为友谊的缘故做我的朋友，这是我请你做序的一个条件。

（十年五月二十日，伦敦）

国语运动略史提要

这一部小论文的主旨，在于纪述事实，并不在于评论。若然中间有些地方带着些评论的意味，那不过是为着要把所说到的事实，说得分外明了些。

此外还有一件事要声明：我虽然是国语统一筹备会的会员，我在论文中，却并不作此会的宣传者，这就是说，我的态度是客观的，不是主观的。即如注音字母，在普通教育及社会教育上，我承认它有相当的价值，但我并不就因此承认它在科学的研究上有何等的价值。

关于国语一个问题上的事实，可以按着时间，略叙如下：

最初是为着要普及教育，便利妇孺，而苦于文言太难，因此就有人提倡做白话书报。这一期的白话文，依着作者的意旨，是专为便利妇孺的，并不是给读书识字的人看的。

但是，这种文体的改变，并没有能收到多大的效果。因为把文言改成了白话，只是能“易懂”，并不能“易识”，而易识的重要，乃更在易懂之前。因此，接着就有了一个字母时期。这一期中的作者，想要造成一种字母制的字，替代原来的汉字，使识字一件事，可以容易些。

在这一期的作者中，我们不应当忘记了王照劳乃宣两先生。

但是，假使我们要利用字母，我们马上就可以发见一个极重要的问题：那就是读音问题。假使没有方法统一读音，字母就全无用处。

在起初一步，大家以为这问题很容易解决，只须把京语当作标准语就完了。

后来大家渐渐看出，采用京语有许多的不相宜；为中国全民族着想，与其用京语，不如用一种人造语。这人造语中的各分子，连最重要的读音一件事也包括在内，应当先期分别研究，务求所造成的语言，使全中国人民，能于接受。

到此地才是真正的国语运动的开场；也是到了此地，一般提倡国语的人，才把中国全民族混通看作一块，不再用开通知识便利妇孺等话头，把一国的人民，勉强分成两家。

自此以后直到今天，我们常在这一条轨道中走，虽然中间也经过了不少的变更与周折。

目下的国语的情形是这样：

自从民国七年注音字母公布了，次年《国音字典》出版了，关于统一读音的一个问题，已算有了个解决，虽然这个解决并未能完全应合到我们的理想与希望。

自从民国八年国语统一筹备会成立了，我们已有了一个正式的永久机关，去研究关于国语的一切问题，并安排关于国语的一切事务。

自从有了民国五年以后的文学革命，国语一件事就渐渐的建造于一个稳固的基础上。我们应当注意：我们是直到了此一刻，才能明了白话文的真价值。

在这种种的情状之下，我们可以说，亦许在十年八年之后，我们可以有得一种很合实用的辅助语。

但是在此地，我们应当补说一件事：

目下从事于国语的人，几乎把全力用在统一读音上，希望理想中的辅助语，可以早早造成。除去少数的罗马字提倡者以外，我们再听不见有什么人主张要用什么字母来代替汉字；注音字母只是一件标音的工具，使读音可以统一，并不是一种文字，看它的名称可以知道。

这种态度上的转变，看去自然是很奇怪的。因为我们方才说过，统一读音并不是一个目的，乃是一种方术，或者说，是一种预备的工夫，使字母制的文字，可以实现。按着理说，我们当然不能在半路上就停止了。

但是要使字母制的文字实现，无论是用罗马字或另一种字，我总觉非常困难，虽然这问题是重要到极顶。我以为我们应当有些耐心。我们应当将这问题用最精细的方术去研究；凡是与这问题有关系的事项，都该一一分别讨论，不能放松一点。若不先下这种功夫，贸贸然然就尝试，恐怕结果一定不好。因此就目前说，我们应当把野心收小一点，暂认我们今日所做的统一国语的工作，也是一种差可满意的工作，因为这种工作的本身，也有相当价值在。

因此缘故，我在论文中对于汉字罗马化这一个问题，只是在结束处很简略地说了一说，并没有能将诸位提倡人的办法，节要写入。我在这件事上很抱歉，但我希望他们将来提出的办法，能比今日以前的更好，更进步，更完满。在根本上说，我决然不是他们的反对者。

以上将我论文中的大要说完；以下请允许我指出几个特别点：

第三章说注音字母。用英文写的说注音字母文章，已有了几篇，用法文写的，这亦许还是第一篇。

因求便利于非语音学者的读者起见，我的标音法和论音法，并没有采用 Rousselot 制或“国际制”。

第四章中说到文学革命。这当真是中国现代史的一件大事。在记述此事之前，有一段文言的构成史。这是我个人的研究，虽然说得很简略，或者还不是全无根据。

最后是在第五章中，第一七八节，我说明官话究竟是什么；一八二至一八七节，我把京语与国语两相比较。这两段，我自信剖析得很清楚。

（十四年三月十七日，巴黎）

与顾颉刚先生论《静女》篇

颉刚先生：

《邶风·静女》篇有了你与刘大白、郭全和魏建功诸先生的详细讨论，使我们门外汉也能于看得明白，这不但是我们要感谢，便是那位“密司静女”，恐怕也要感谢你们的。不过我也有一点可笑的谬见，愿意写出来请你指教指教。

篇中最难解决的一个问题，就是既然说了“俟我于城隅”，为什么接着又说“爱而不见”？若说约会的地方是城隅，到了临时找不到，总不免有点儿牵强，因为城隅决然不是个大地方，也决然不会是和前门大街一样热闹的地方（我们何妨设身处地想想呢）！而况既然找不到，为什么下文又有了馈赠的事呢？

古代的文章里，尤其是诗歌里，往往为了声调或字数的关系，把次要的字眼省去了几个。这所谓次要，只是古人心中以为次要罢了；在于我们看去，却是重要得了不得。因此，我们现在要解这首诗，目的只在于要发现他所省去的几个字。你若说他的意思是预先约定了，临时找不着，只是你的一种假定，干脆说，只是你在那里猜谜子。这种的猜谜子，只要是谁猜得可通，就算谁猜得好；考据功夫是无所施其技的——因为要考据，必须要有实物，现在并无实物，只是对着字里行间的空档子做工夫而已。

如所说，我也来大胆猜一猜了。我以为这是首“追忆的诗”。那位诗人先生，他开场先想到了他那位密司曾经在城墙角里等过他，可是“此刻现在”啊，“爱而不见”，就不免搔头挖耳朵起来了。其次是他又想到了他的“她”从前送给他的彤管；彤管是多么的美啊，“可是心肝宝贝肉，我因此又想到了你的美了。”其次是他又想到了那天从草原上回来，她采了些野草送给她，“野草有什么稀罕呢？可是心肝宝贝肉，这是你送给我的啊！”

这样解诗，真是林步青唱滩簧，瞎嚼喷蛆而已。然而我还要老着脸写出来给你看看，就请你指教指教罢。

以上是关于全诗大意的话，其余细头关目上，我也有点儿意思：

（1）“静女”可作一个名词，解作“小姐”，或“姑娘”，或“处女”，不必说幽静的女子。（“静”之不必用本义解，犹之乎南方言“小姐”，北方言“大姑”，并不含有“小”“大”之意。）

（2）“其姝”的“其”，可解作“如此其”，译作白话，便是“多么”或“多门”。

据以上两项，则“静女其姝”一句，可译作“姑娘啊，你多门漂亮啊！”

（3）“彤管”的“彤”，应从魏说作“红漆”解。古书中虽亦有用“彤”字泛作“红”义者，然多数是指红漆的红，如“彤弓”“彤镂”“彤庭”之类，《说文》亦谓“彤，丹饰也；从丹，从彡；彡，其画也”。

（4）改“管”为“菅”，自亦不失为一说，但如“菅”“荑”并非一物，则两次所送，均是些野草，这位密司未免太寒酸，而文章也做得犯了重了。如谓“菅”“荑”即是一物，则二三两章一直下去，在文学上又似乎太单调。我并不说古人决不会做这种重复或单调的文章，不过假使是我做，我就决不如此做法。我以为“管”字亦应从魏说作乐器讲。古书中所用’管”字，除专名如管叔管子外，最普通的是（1）管理的管，（2）管钥的管，（3）箫管或管弦的管。第（1）（2）两义与本诗全不相干，则第（3）义自然坐实。若说“彤管”是“红笔管”，真是妙不可酱油！（以管作笔管解，在古书中恐怕找不出实例）况且你想：送个笔管多么书呆子气（如果那时已有瓦德门的自来水笔，自然又当别论了），送个乐器多么漂亮。此一密司而生于今日也，其亦“爱美的”音乐家欤。我的意见如此；我本想用白话把全诗译出，可是一时竟译不好，只得暂且收束，请你赐教。

（十五年六月二十五日北京）

与疑古玄同抬杠

半农兄：

今天在一个地方看见一张六月廿二日的《世界日报》，那上面有他们从七月一日起要办副刊的广告，说这副刊是请您主撰的，并且有这样一句话：

刘先生的许多朋友，老的如《新青年》同人，新的如《语丝》同人，也都已答应源源寄稿。

我当然是您“刘先生的许多朋友”之一，我当然是“《新青年》同人”之一，我当然是“《语丝》同人”之一；可是我没有说过“答应源源寄稿”给《世界日报》的副刊这句话。老实说吧，即使你来叫我给他们做文章，我也一定是不做的，倒不见得是“没有功夫”，“没有材料”。再干脆地说吧，我是不愿意拿我做的东西登在《世界日报》里的，我尤其不愿意拿我做的东西与什么《明珠》什么《春明外史》等等为伍的。我有一个牢不可破的见解：我以为老顽固党要卫道，我们在主义上虽然认他们为敌人，但有时还可以原谅他们（自然要在他们销声匿迹草间偷活的时候才能原谅他们），因为他们是“古人”是“僵石”。最可恶的，便是有一种二三十岁的少年，他们不向前跑，不去寻求光明：有的听着人家说“线装书应该扔下毛厕三十年”或“中国的旧文化在今日全不适用”的话便要气炸了肺，对于捧坤角逛窑子这类混账事体认为大可做得，而对于青年男女（尤其是学生）为极正当极合理的恋爱反要大肆讥嘲；有的效法张丹斧做《太阳晒屁股赋》那种鸟勾当，专做不负责任没有目的的恶趣味的文字。我对于这种少年，是无论何时无论何地绝对不愿与之合作的。所以现在看了那广告上的话，不能不向你切实声明。它事可以含糊对付，此事实在不能“默尔而息”。话说得这样直率，这自然很对你不起，尚希原谅则个！

弟疑古玄同一九二六，六，二四。

再：这封信请在《语丝》上发表为荷。

玄同兄：

一个小记者还没有能“走马到任”，你老哥可有信来教训了，这真是“开市大吉”了。

《世界日报》上那个广告，是我拟的。我为了拟广告，已碰了不少的钉子；如今再碰你最老最好的朋友的一个钉子，也自然是别有风味的。在拟这广告之前，我的确问过了许多朋友，的确有许多人答应了我，但因未能一一遍问，自然不免有人要嗔怪我，这是我十分抱歉的（但“许多”二字，并非全称肯定）。至于你，本来是应当预先问过的，因你这几天为了你夫人病得很重，一时未必能有心绪做文章，所以打算迟一迟再向你说。你虽然未必为了这件事动气，但在我一方面，总是不安到万分，应当向你郑重道歉的。我办这《副刊》，是由《世界日报》方面答应了不加干涉的条件才答应办的。所以实际上，这《副刊》不但与《明珠》等两不相干，即与《世界日报》，也可以说两不相干。犹之乎当初的《京副》，和你所办的《国周》，和《京报》及《显微镜》等，根本上都是全不相干。又如七年以前，你我都在北大，辜汤生是复辟党，刘师培是帝制党，也都在北大，因为所任功课两不相干，虽在一处，却无所谓“合作”，所以你我二人并没有愤而辞职，而蔡先生的“兼容并包”，反传为美谈。不过这些事，我只是想到了随便说说，并不是要反驳你。你的意见是我应当尊重的；即使不是意见而是感情，我也应当尊重——尤其是在近来你感情上很痛苦的时候。为此，我遵命将来信在《语丝》上登出。

我们两个宝贝是一见面就要抬杠的，真是有生之年，即抬杠之日。如今从口上抬到了笔上，不得不有打油诗以作纪念：

闻说杠堪抬，无人不抬杠。

有杠必须抬，不抬何用杠。
抬自犹他抬，杠还是我杠。
请看抬杠人，人亦抬其杠。

弟　刘复（十五年六月二十六日）

开学问题

现在国立九校的开学与否，已成了一个很大的问题了；所以成问题者，无非为了几个钱字。

因为我也是九校中一校的教员，所以不免也要说几句。

照理，付钱就做事，不付钱就不做，这是干脆而又干脆的一句话；而且“前账未清，免开尊口”，也是我们中国社会中的一条习惯法。

不过，我们中国是有“特别国情”的，尤其是在“此刻现在”。这特别国情四个字无论应用到什么地方，总可以得到些特别的结果；把它应用到首都的教育上来，那就是：

你要说学么？开你的！谁有闲工夫来管你的钱？

你要不开学么？那更好！破坏教育的是你，我可并没有教你破坏。

睢！这是多么巧妙，多么玲珑的手腕！

我亲爱的挨苦挨饿的同事先生们，在这种情形下，你可以完全明白：你即使不开学，他们还仍是中怀坦然，昼不愧于人，夜不愧于鬼！如其不信，便看看那位“大磕头儿威灵吞苦”罢，他是被人家推为贤人政治中的一个角色的；他对于政治是很热衷的，他对于他将来的政治生命，当然没一时没一刻不在那儿打算的；他在外国人中走进走出，又自以为是风头十足，漂亮万分的，然而——这个然而应当大书特书的——他在中秋那一节，不已经把他贤人政客的真面目，赤裸裸地赏给我们看了么？

“春秋责备贤者”，其余衮衮者公，也就可以不必多说了。

然而，我亲爱的挨苦挨饿的同事诸先生，一班在北京等候开学的学生，也实在太苦了。他们衮衮诸公尽可以辜负我们（手民注意：不要误排作滚滚诸公），我们苟其尚可典卖质押维持了生活去上课，还是替这班枯守北京的青年设身处地想想罢。

如果我们不上课，对于这班青年，当然并无责任之可言。因为负这责任的不是我们。但在这中国特别国情之下，方头靴子且不要穿，且顾念顾念师生间往日的情谊罢。

我说这份话，并不是学者“饭桶先生”之以清高责人。饭桶先生之清高，区区亦尝见之矣：有钱时的总长要饭，没钱时拂袖而去，此清高也；没钱的校长死也不肯做，有钱的委员就走马到任，此清高也。呜呼，清高美名也，然而微饭桶其孰能享之？若吾辈者，其为浊低乎，其为浊低乎，呜呼而又呜呼！

（十五年九月廿六日北京）

随感录·七

近来上海广智书局把十几年前出版的各种书籍，登报廉价发卖。我因为他价钱很便宜，便托人去买了几本。买来之后，略略看了一看，觉得所有各书，虽然内容都不十分好，译笔也不大高明；然就当时而论，这一班编译家出版家，都是极可敬的人物；——因为他们心中，都想向前进，不想向后退；都是想做人，不是想做下等动物；都是想求生，不是想求死。若依着进化的程序说，十几年前是如此，十几年后的今日，至少应有二三百种东西洋名人的著作输入中国来。不料按诸事实，乃大谬不然：天天报纸上所登的新书广告，无非是什么《黑幕大观》《小姊妹罪恶史》或是红男绿女的肉麻小说，“某生”“某翁”的腐败小说；连提倡“丹田”的谬书，扶乩的鬼话，也竟公然出版；最高等的，也不过影印几部宋版元版的，无用古书，便算空前绝后的大事业了！唉！

答《对于〈新青年〉之意见种种》

Y·Z·君：

敝志是绝对主张白话文学的；现在虽然未能全用白话文，却是为事实所限，一时难于办到；并不是胆小，更不是不专诚。

先有王敬轩后有崇拜王敬轩者及戴主一一流人，正是中国的“脸谱”上注定的常事，何尝有什么奇怪？我们把他驳，把他骂，正是一般人心目中视为最奇怪的“捣乱分子”！至于钱玄同先生，诚然是文学革命军里一个冲锋健将。但是本志各记者，对于文学革新的事业，都抱定了“各就所能，各尽厥职”的宗旨；所以从这一面看去，是《新青年》中少不了一个钱玄同；从那一面看去，却不必要《新青年》的记者，人人都变了钱玄同。

Tagore 的著作，从前已由独秀先生译过一首《赞歌》登在第一卷里；本号和前一号，半农也从《The Crescent Moon》里专译了几首。但求《新青年》能够长寿，将来第六七八九……卷的第六号，总有一本是“Tagore 号”。因为外国文豪很多，不比我们中国只有一位林大文豪，又因为要介绍外国文豪，总得把他的著作，和别人对于他评论，仔细研究过了，方可动手，绝不是随便拿过一本书来，请阿猫阿狗信口说了一遍，便可用起韩、柳的——或者是《聊斋》的——笔法，一天挥上“四千字”的。所以本志拟定的办法，是每卷介绍一人。

本志的通信栏，本来是“商榷”性质，并不专是“雄辩”。来信所说新闻一栏，似乎可以不必：因为通信栏，固然可以交换意见；便是具体的论文，也可以“读者论坛”中发表。

女子问题，本志非常注意；只因外间来稿甚少，记者等把自己的主张发表了，也没有人来讨论，所以不知不觉，竟像把这个问题冷搁起来了。我们中国人，大概可分作两种：一种是顽固，无论世间有什么新事新理，他们绝不肯平心研究，只是一笔抹煞，斥之为“叛逆”，为“数典忘祖”；一种是糊涂，无论世界上的潮流激荡到怎么样，他们只是醉生梦死，什么事都不闻不问。第一种人，可称之为“准狗”；因为狗是喜欢吃屎的，你要叫他不吃屎，他定要咬你。第二种人，可称之为“准猪”；因为猪是一辈子昏天黑地，预备给人家杀的。唯其如此，所以可爱可敬的中国人，快要进化到原人时代去了！

来诗六首，做的译的，都是很好，《小河呀》一首，尤觉有趣可爱。其文字上有应行斟酌之处，已与同人商量，代为修改一二，不知有当尊意否？

记者（半农）

一九一八年八月三十日

留别北大学生的演说

今天是北京大学第二十二周年的纪念日。承校长蔡先生的好意，因为我不日就要往欧洲去了，招我来演说，使我能与诸位同学，有个谈话的机会，我很感谢。

我到本校担任教科，已有三年了。因为我自己，限于境遇，没有能受到正确的、完备的教育，稍微有一点知识，也是不成篇段，没有系统的，所以自从到校以来，时时惭愧，时时自问有许多辜负诸位同学的地方。所以我第一句话，就是要请诸位同学，承受我这很诚恳的道歉。

就我三年来的观察，知道诸位同学，大都是觉醒的青年，若依着这三年来的进行率进行，我敢说，将来东亚大陆的文化的发展，完全寄附在诸位身上。所以我对于诸位，不必更说什么，只希望诸位根本着自己已有觉悟，向前猛进。

如今略说我此番出去留学的趣旨，以供诸位的参考。

我们都知道人类的工作的交易，是造成世界的原素；所以我们生长于世界之中，个个人都应当做一份的工。这作工，就是人类的天赋的职任。

神圣的工作，是生产工作。我们因为自己的意志的选择，或别种原因，不能做生产的工作，而做这非生产的工作，在良心上已有一分的抱歉，在社会中已可算得一个“寄生虫”。所以我们于这有缺憾之中，要做到无缺憾的地步，其先决问题，就是要做“益虫”，不要做“害虫”。那就是说，应当做有益于生产的工作者的工，做一般生产的工作者所需要而不能兼顾的工。

而且非但要做，还要尽力去做，要把我们一生的精力完全放进去做。不然，我们若然自问——

我们有什么特权可以不耕而食？

我们有什么特权可以不织而衣？岂不要受良心的裁判么？

这便叫做“职任”。

因其是职任，所以我们一切个人的野心或希冀，都应该消灭。那吴稚晖先生所说“面筋学生”一类的野心，我们诚然可以自分没有；便是希望做“学者”做“著作家”的高等野心，也尽可以不必预先存着。因为这只可以从反面说过来。若然我们的工做得好，社会就给我这一点特别酬劳；不能说，我们因为要这个特别酬劳才去做工。（我们应得的酬劳，就是我们天天享用的，已很丰厚）若然如此，我们一旦不要了，就可以不做，那还叫得什么责任？

如此说，可见我此番出去留学，不过是为希望能尽职起见，为希望我的工作做得圆满起见，所取的一种相当的手续，并不是把留学当做充满个人欲望的一种工具。

我愿意常常想到我自己的这一番话，所以我把他供献于诸位。

还有一层，我也引为附带的责任的，就是我觉得本校的图书馆太不完备，打算到了欧洲，把有关文化的书籍，尽力代为采购；还有许多有关东亚古代文明的书或史料，流传到欧洲去的，也打算设法抄录或照相，随时寄回，以供诸位同学的研究。图书馆是大学的命脉；图书馆里多有一万本好书，效用亦许可以抵上三五个好教授。所以这件事，虽然不容易办，但我尽力去办。

结尾的话，是我是中国人，自然要希望中国发达，要希望我回来时，中国已不是今天这样的中国。但是我对于中国的希望，不是一般的去国者，对于“祖国”的希望，以为应当如何练习兵，如何造舰。我是——

希望中国的民族，不要落到人类的水平线下去；

希望世界的文化史上，不要把中国除名。

怎么样才可以做到这一步。——还要归结到我们的职任。

致胡适

适之兄：

六月前接到你寄给我的《新青年》，直到今天才能写信说声“多谢”，也就荒唐极了。但自此以后，更没有见过《新青年》的面。我寄给仲甫许多信，他不回信；问他要报，他也不寄；人家送东西我吃，路过上海，他却劫去吃了！这东西真顽皮该打啊！

听说你害了多时的胃病；近来看报，说你到上海考查商务印书馆的编辑部，知道是你病好了：这是个可喜的消息。

启明也病着，不知好了没有。这一年，可算得“文人多病之秋”了！你何以不努力做诗？我老实警告你：你要把白话诗台的第一把交椅让给别人，这是你的自由；但白话诗从此不再进步，听着《凤凰涅槃》的郭沫若辈闹得稀糟百烂，你却不得不负些责任。

我也好久做不出好诗了，丑诗却是有的；三月前，寄了几首在启明处，你看见么？如今把最近梦中所做的一首诗（还有几首在启明处，是同时寄的）写在下面：

我的心窝和你的，
天与海般密切着；
我的心弦和你的，
风与水般协和着。

啊！
血般的花，
花般的火，
听他罢！
把我的灵魂和你的，
给他烧做了飞灰飞化罢！

这是首真正的无题诗，应当受弗劳特的裁判；但因做得还有趣，所以醒后把他写了出来（却也修改过了几个字）。

我近来的情形，真是不了！天天闹的是断炊！北大的钱，已三月没寄来，电报去催，也是不寄；留学费也欠了三个月不发，高鲁还逍遥自在，做他的官，领他的俸。我身间有几个钱，便买只面包吃吃，没有便算。但除闭眼忍受之外，也就没有别法。（这是件不了的事，另有详信在夷初处，请你向他要了看一看，救救我罢！）但有一件事要请你出力帮忙。我今天向蔡先生提出一个《创设中国语音学经验室的计划书》，想来你不久就可以看见。这是我万分希望他成功的一件事，曾向蔡先生当面说过，他很赞成。但他虽赞成，还要经过种种的会。所以我要恳求你，也替我特别卖些气力，使他早日有些成议，我真感激不尽了。

你能写个信给我么？我给你请安。夫人公子等均问好。

弟　刘复
九月十五日

我的求学经过及将来工作

诸位同事先生：

今天研究所国学门开恳亲会，依着前回谈话会中的预约，我应当到场说几句话，可惜我自从到北京以后，没一天不是闹着“没事忙”，恳亲会的请帖，又是昨天晚上才接到的，所以也就说不到预备：仍只能说是随便谈谈。

现在先说我在国外求学的经过。我出国的时候，是想研究文学与言语学的。不料一到国外，就立时觉得“二者不可得兼”；于是连忙把文学舍去，专重言语学。但要说到混通的言语学，不久可又发现了预备的困难，因为若要在几种重要的活语死语上都用上相当的功夫，至少也得十年八年，于是更退一步，从言语学中侧重语音学。这样总以为无须更退了，但不久又发现了我的天才不够，换句话说，就是我的嘴与耳朵，都不十分灵敏，于是只得更退一步，从普通语音学退到实验语音学，要借着科学上的死方法，来研究不易凭空断定的事，正如谚语中所说的“捉住死老虎牵猢狲。”

从这“退避三舍”的事实上，我得到了两个教训：第一是野心不能太大，太大了仍不免逐渐缩小；不如当初就把自己看的小些，即在小事上用水磨功夫。第二便是用死方法去驾驭活事，所谓“扎硬寨，打死仗”。以我这样预备不充，天才缺乏的人，后来能有些一知半解的结果，就完全是受了这一个教训的驱使。

我在国外近六年，在这范围很小的实验语音学之中，总算把各方面都已大致考察了一下，而尤注重的是物理方面与乐理方面。换句话说，我所注意的是方法；我们在国外不能久居的人，只能在居留期内尽量的吸收方法，预备回国以后应用，这才是个正当的留学法。

现在我回了国，能够在本学门中跟着在座诸位先生做学问，真是我最快意的一件事。因为第一层，我方才所说“在小事上用水磨功夫”和“扎硬寨，打死仗”两句话正是研究所国学门的真精神；于是我个人与团体之间，就有了一种精神的契合。第二层，我所求之不得的，是研究的工作而不是教书的工作。教书的工作，就对人说，自然是件“嘉惠士林”的事，就对己说，说得不好听些简直是吃泻药；研究的工作，却处处可以有兴趣，处处是自己替自己作工，处处是自己受用。在我离国的时候，中国还没有正式的研究机关，现在却已有这样的机关许我加入，这岂不是一件最可快意的事？

我现在把我所要做的工，大略说一说，请诸位指教：

第一，我所已经着手研究的四声问题，现在打算继续下去，作大规模的研究，希望把中国所有各重要方言中的声调曲线，完全画出，著成一部《四声新谱》。

第二，打算用相当的方法，调查各地的方音，著成一部《方音字典》，如果调查顺利，做工的人也多，还希望按照法国《语言地图》的办法，编成一部《方言地图》。我觉得中国的音韵学，如果不改变方针，向方言中去研究，却只向古书堆中去乱钻，恐怕是无论如何用功夫，结果总不能十分完满的；所以在这方言一件事上，非努力做工不可。

第三，打算利用蓄音机，将各种方言逐渐收蓄下来，作研究的张本；同时对于社会上流行的俗曲，以及将要失传的旧乐，也须竭力采访收蓄，希望十年八年之后，我们可以有得一个很好的蓄音库。

第四，中国的乐律，近来除日本田边尚雄外，研究的人很少；我们因为实验室中已有许多设备，可以借来研究乐律，所以也打算在这一个问题上，做一些有系统的实验的工。

这几件都是很繁重的事，当然不是一天能做成，也当然不是一个人能做得成的，但是我们既已要做，就只有向前做的一条路；我们不必去问他几时能做成，我们只须把学问看作我们的坟墓，那么，即使不成功，也就是最大的成功了。

我眼睛里所看见的孔德学校

今天孔德学校举行毕业式，承马、沈两位先生招了我来，使我能有向诸位说几句话的荣幸，我非常感谢。

我自从去年九月到北京以后，曾借住在校中，有两个多月；后来有空，也常到校中来找朋友谈天，或者借书看，虽然我并不是教员，也不是学生，——到最近几个月里，我的小孩子来做了个“挂名的学生”，我也才勉强可以算得一个家长。

我和孔德学校的关系这样浅，我又是个不会研究教育的人，那么现在要我来说话，当然也就说不出什么有价值的话来。不过因为我常到校中来，亦许不知不觉之间，竟能把孔德学校的真面目，略略看见了一点：现在所说的，就是这一点。

现在中国所办的中小学校，归并起来说，只有两种：一种是人才教育的学校，一种是职业教育的学校。我们知道人才是社会上所需要的，职业也是一个人立身的基本，所以粗粗一看，这两种学校都是很正当，都是无可指责的。可要是仔细去一推求，那就不免有许多流弊了。

先说人才教育的学校。这种学校可以说是科举的嫡派子孙。尽管办学校的人表面上说得多好听，到他学校里去一看，却完完全全的是科举。成绩好

的学生，可以受到全体教员的重视，成绩坏一点的，可就苦恼得了不的。他们全不知道学生对于各门功课，性质有近有不近；更不知

道学校对于学生，于功课之外，还有许多的事应当注意。他们只知道划定了功课，驱逼着学生齐向这一条孤寂的路上走去，走得快的就是好，走得慢的就是坏。好的学生就可以做领袖，坏的学生就只能落伍。因有此种风尚，要是我们感到目前社会上的“领袖崇拜”与“领袖竞争”的危险，我们也就可以预想到将来这一批学生到了社会上来，社会是何等的景象。这是就学生一方面说。至于施行教育者一方面，他也有一种牢不可破的方式，好像是制造土砖似的，只要把泥土放到了模子里，做成了方方的一块，就算是心满意足，“劳苦功高”。所以要是什么一位国学老先生办的学堂，他的高徒里，一定有许多十五六岁的弯腰曲背的小老先生。要是什么一位青年会派的先生办的学堂，他的学生说不定到了十一二岁上，就汩灭了他的一片烂漫天真，换上一副油头滑脑，满口 abcd 的洋奴气。

说到职业教育，更是根本上就走错了路头。职业教育原是应该有的，但只是一种补充教育，——如缝衣学校，烹饪学校，打字学校，照相学校之类，在欧洲各大城市中，也办理得很发达。但无论如何，决不能把职业教育当做正统的教育。职业诚然是要学的，因为没有职业就是无业的游民。可是，法国人说：“为生活而吃饭，不是为吃饭而生活”。我也可以仿说一句：“为生活而求职业，不是为求职业而生活”。现在把职业看做了生活的全体，在学生一方面，就可以养成一个“混饭吃，免讨饭”的人生观：这在社会上是何等危险的一件事！——在学术一方面，也一定要因陋就简，把学术的目标愈拉愈低，把理论方面的事，一概置之不闻不问，这在物质文明上或精神文明上，又是何等危险的一件事！

抛开这两种的教育，来说我们理想中的一种教育。这种教育可以叫做人格教育。这所谓人格，并不是什么“高尚其志”“谋道不谋食”的思想：——它的意思是说如何可以做成一个完完整整的人。我们知道职业是人人应有的，所以不必说职业，而职业已经说得牢牢实实；我们知道人类有爱好的天性，只须碰到了一件与他性情相合的事，你便不去督促他，他也自然而然会在这一件事上做到极好极好的地步，自然而然会做成做这一件事中的人才。这一件事中的领袖，正如俗话中所说的“三百六十行，行行出状元”。这种自然而

然做成的人才与领袖，才是真正的社会的柱石，才是真正的文化的明星。若照现在这样大家抢做人才与领袖，犹之乎大家抢做坐轿子的老爷，而不肯做轿夫，结果就弄得老爷们与轿夫们混打起来，真是糟不可言。

我眼睛里所看见的孔德学校，的确就是个实施人格教育的机关。虽然目下还没有能办到尽善尽美的一步，可是一条大路早给他找到了。你看他所定的功课，虽然和别处的中小学校没有很明显的差别，而且对于功课的督责上，也比较别处的中小学校松一点，可是，要是某一个学生对于某一种功课上有特殊的兴味，担任这一种功课的教员，就可以用全副精力去指导他，使他爱好的天性，尽量的在这一种功课上发展；又学生与教员，整天的在一起，亲密的像家人父子，有什么要讨论的，随时可以提出，这种日常的亲炙，效力比在课堂上大的许多。做学生的人，自小就受了这样一种的教育，自小就能这样沉浸秾郁于一种对于他自己有趣味的学问或技术之中，那是对于他终身事业上给了一个极有力量的暗示；他将来无论如何，决不会离开了这趣味而别有不肖的企图；这就是人格教育中最重要的一点。又学校办事人，为学生求学的便利，在设备上也力图扩充。单看这一年来，新买书籍值五万元以上，就很可以见出诸位先生的苦心与魄力。孔德学校从开办到现在，只还有七八年的历史；若再办上七八年，他的成绩与光荣，一定比今天分外的显明。

总而言之，孔德学校所走的路是对的；在孔德学校的学生是一定很有希望的。这所谓希望，可不是什么人才领袖，英雄豪杰，却也不是什么“混饭吃，免讨饭”的低能儿，乃是在社会上站得稳的一个完完整整的人。

关于外国话及外国字

前星期六岂明老人请吃午饭，几位酸朋友碰到了一起，就不免乱谈了许多酸话。其中有一段，我现在还记得很清楚的，是关于中国人说外国话这一个问题。

记得三年前在巴黎时向某先生说过，“我回国后一定不说外国话，且将榜于门曰：“不说中国话者不入吾门。若有外国人来看我，能说中国话的就说，不能说的自己带了翻译来”。当时某先生听了，只是一笑置之。

回国后，也很想把这古怪主张提倡提倡，无如一说出口，便碰了一鼻子的灰。甚至于有一次，我向一位朋友说“做中国文章，不该把无谓的外国文字嵌入（必要时当然要嵌）”，也被那位朋友痛骂了一顿，而那位朋友却是不大懂得外国字的！

同时外国字之在中国，仍日见其欣欣向荣。纸币和钱向的后面照例要有外国字；报纸照例要有一个外国字的译名（音译或意译）；大一点的铺子照例要有一块外国字的招牌，尤其是古董铺和绸庄；有许多小铺子的招牌，不但声音译错，字义译错，连字母也都写错；N 错作 H，S 错作 ~，……这才是糟糕透顶！

我不知道这是何种心理的结晶。若说为便于外国人起见，不得不如此，我却看见许多人，名片背面刻着煌煌洋文，自己却没有半个洋朋友，甚至于永世没有递进名片去拜见洋人的机会，——凭空画上几条蛐蟮丝，岂不是白天闹鬼！

能与洋人发生关系的，无过于纸币或钱币了，因为洋人来到中国，一上岸就得用中国钱。但是，日本的纸币和金币上，并没有西洋字，西洋人到了日本，并不发生什么困难。中国的“老袁头”上也没有外国字，你若把雪白的老袁头送给洋大人，洋大人一定笑嘻嘻的和你拉手，决然不给你外国火腿吃。然则洋人之于钱，亦甚“高能”，固无庸先生鳃鳃过虑，为之锦上添花也。

而且，就便利洋人说，也该把所有的洋人都顾到，不该只顾着某一种的洋人。现在所用的，百分之九十九以上是英文，英美人是便利了，英美以外的德法俄意等国人又怎么办，欧洲以外的印度波斯土耳其等人又怎么办？难道英国人该便利，别人不该便利么？你若说英语是世界上最通用的语言，或者说英文是世界上最通用的文字，我就要老老实实向你说：你能骗人，不能骗我。不信你到英美以外的各国都会里去调查调查，究竟懂英语英文的，一百人中能有几人，一千人中能有几人？

钱币等物上并列两种以上的文字的，除中国外，我知道只是南洋一带有这怪现状。但南洋一带的情形与中国完全不同。中国是独立的国家，南洋一带是被欧洲各国所宰割的殖民地。在殖民地上，有主有奴，所以钱币等物，必须数种文字并列，使主奴均便；其余报纸名称，商店招牌，也都有这样的需要。中国境内各租界和北平使馆界里，路牌用中西文字并列，门牌用阿拉伯码和中文并列，或只用阿拉伯码而不用中文，已是此种殖民地现象的见端（但我并不反对用阿拉伯码，因为这已是世界的公物，不是某一国的专有品了），在有心人看了，正应痛心疾首。而不料另有一部分人要先意承志：人家还没有能把我们看作殖民地上的奴才，我们先在此地替他作预备功夫，此诚令人凄怆感喟，欲涕无从也。

（附带的请求）承《世界日报》记者吴范寰先生的好意，叫我做一篇文章，预备刊入双十节特刊，我就在此磕头请愿：

吴先生！劳驾，您把《世界日报》、《世界晚报》底下的两行蛐蟮丝从今天起取消了罢！在这大吹大擂的国庆之中，也是一个很好很痛切的纪念会啊！

现在要回说到前星期六几位酸先生的谈话了。

在这一点上，首先发言的是敝酸先生；敝酸先生的谈话，还同三年前在巴黎向某先生说的话一样。

接着有一位酸先生说：“不差，这一层我们应当注意。我们在外国时，自然应当说所在国的话。现在到了本国，每逢一个外国人来见，仍旧要说外国话，似乎我们做中国人的，无论在中国在外国，每见外国人必有说外国话的义务，想起来真有点气闷。”

于是敝酸先生说：“本来我们到外国去，一上岸就该说外国话。要是现在也采用这方法对付外国人，恐怕外国人太不便了。最好是定出一个期限：凡是来到中国的外国人，不满一年的，我们可以同他说外国话；满一年以上，就非说中国话不可。”

于是另一位酸先生说：“一年的期限恐怕太短些。因为外国人学中国话，的确比中国人学外国话难一点：一年中所能学的，恐怕只是些普通应酬话，若要说学术上的话，至少也该有两三年以上的功夫。”

于是敝酸先生说；“这也是事实，但尽有方法可以补救，便是定普通应酬话的期限为一年，定学术话的期限为三年；或者是，一年以后，三年未满，遇讨论学术时，仍许外国人说外国话，中国人却用中国话回答（双方通信，也可以采用这种办法）。要知道中国话是否难学是个问题，外国人愿不愿学又是一个问题。有许多外国人在中国住了一多年，仍是半句中国话也不会说；有许多留学生所娶的洋婆子，同她老公在一张床上爬上爬下睡了几十年，直到儿女满堂，寿终正寝，还是半句中国话也不会说。这难道是学不会？干脆说来，只是不肯学而已矣。他们之所以不肯学，不是善意的，是恶意的。他们看不起中国人，因而看不起中国话；他们把中国人看做了所谓‘土人’，所以中国话也不免是一种土人话；土人话不值得学，所以头白老死也不愿意学。这种的态度最足令人气愤，我们非联合起来痛惩他们一下不可。”

于是另一位酸先生说：“先生知其一，未知其二也。有许多外国人，如福开森铎尔孟等，中国话说得很好，而中国人见了他，除非自己不会说外国话，会说外国话的一定要抢着说外国话，决不愿意说中国话。这样，外国人到了中国，处处有‘宾至如归’之乐，便是不看不起中国话，也懒得学习，而况本来就有点看不起呢？”

于是敝酸先生说：“我对于这种人，有一个很好的比喻：譬如我们要抽烟，先拿起一支烟来放在嘴里，再拿起一匣取灯儿来擦个火，本来是容易到万分的事，若不是风瘫麻木，决不至于要假手于人。可是，你若用着了一个善承意旨的仆人，你只须一手摸着烟，他已嗤的一声将取灯儿擦好了送到你嘴边来了！”

于是另一位酸先生说：“这种人还算好的；还有许多人，如洋行小鬼之类，中国人碰中国人也大说其外国话，或者是在中国话里夹进了许多‘寸磔’的外国话，我们在旁听了，真不免代为肉麻。不但洋行小鬼如此，有许多外国人所办的，或者是外国人占大势力的学校里的学生，也大都如此。不知贵酸先生对于这种人有何妙比？”

敝酸先生说：“这也有一比，譬如制台衙门里的倒马子的，眼看得制台太太的混元金斗金光灿烂，便拿来戴在头上了跳舞，以为他自身也可以从此金光灿烂了，而不自知其臭不可言！”

几位酸先生说这说那，说到临了是全无结果，因为“秀才造反”，照例是“十年不成”：但我敢代表诸位酸先生敬谨普告于天下后世曰：

我们并不反对研习外国语言文字，而且极主张今后的青年要多多研习外国语言文字。但要紧记牢：研习外国的语言文字为自己，不是为别人；是要借此吸取外国的文明，因而“即以其人之道，还治其人之身”，以达打倒帝国主义的目的，不是要借此卖身投靠，把自己送给帝国主义者做奴隶，替帝国主义者宣传，替帝国主义者装点门面。

你们不是要秉承中山先生的遗志，废除不平等条约么？好，很好！请先从这没有条约而不平等的语言文字一个问题上做起！

（十七年十月七日，北平）

《光社年鉴》二集序

在去年此刻出第一集《光社年鉴》的时候，全社同人，谁也没有敢梦想到今年此刻能出第二集。为什么？因为把我们的不像样的东西拿出去与世人相见，只须稍有一点自知之明，就可以预料到失败多而成功少。所以我当时向几位朋友说："书是印成了一千本了，一捆捆的堆在我家里，要是到明年此刻还只卖出去三本半，那就对不起，只能送给我代煤了！"不料事实竟不如此。一千本书已卖去了八百多本，铜版费和印刷费都已能相当的收回，于是乎这第二集，也就不好意思不出了！在这一点上，我应当代表全社，感谢世人对于敝社的过分的奖借与宽容，——这是这一篇序中的最重要的一句话。

在这一年中，北伐已经告成，中国已经统一，腐败的北京城，已被鲜明夺目的青白旗的光辉一荡而变为崭新的北平特别市，于是乎本社的名目，也由北京光社一变而为北平光社。至于中间的社员，说起来真惭愧得很，原是那几个老腐败，——新添的只有三篯伯程知耻两位；其因职业的变化而离平者，或因个人心绪不佳，暂将镜箱付之高阁者，却也有两三位。所以，就整个儿的光社说来，它原是去年的老样子，好像一只疲瘦的骆驼，全身沾满了尘埃煤屑，一拖一拖的在幽冷的皇城根下走：你要它努力，它努力不来；你要它急进，它急进不得；它只会一拖一拖，一步一步地向前走。

但同时有一个很好的消息可以报告于大众，就是：上海的华社，就在这一年之内成立了。因为华社的社员，多数是光社社员的好朋友，所以我们可以说：华社与光社，是同气连枝的团体；若学着少年朋友的时髦而且娇媚的声口，那就应该说：这是两个姊妹社。

但华社光社的目的虽然相同（这目的简单言之，只是弄弄镜箱，送两个钱给柯达克或矮克发，无论如何，总说不出什么天大的道理来），态度却不无小异。在我们这方面是昏庸老朽，愈腐愈化，愈化愈腐。在他们却是英气勃勃，不住的前进。所以华社虽然成立了还不很久，已在南方博得极好的声誉。我们在种种方面，可以看得出他们这一年中苦心努力的痕迹。

这实在是一件使我们万分愉快的事。因为我们自己的筋骨虽然松懈惯了懒得动，看着别人在热烈的动着，多少总可以增进我们一点勇气。从前苏东坡自己不能喝酒，却喜欢看别人喝。这是中国文士了解人生，玩味人生的最玄妙而又最高超的表现，我敢说中国文艺中，有无数极有价值的作品是从这一点推化出来的。所以，我们对于华社虽然不必说“太阳出了萤火该消灭”那一路的客气话，却也不妨说：“太阳出了我们身上也有光”。

因为说到了中国的文艺，不由得想起一句我一向要说而还没有说的话来。我以为照相这东西，无论别人尊之为艺术也好，卑之为狗屁也好，我们既在玩着，总不该忘记了一个我，更不该忘记了我们是中国人。要是天天捧着柯达克的《月报》，或者是英国的《年鉴》，美国的《年鉴》，甚而至于小鬼头的《年鉴》，以为这就是我们的老祖师，从而这样模，那样仿，模仿到了头发白，作品堆满了十大箱，这也就不差了罢！可是，据我看来，只是一场无结果而已。必须能把我们自己的个性，能把我们中国人特有的情趣与韵调，借着镜箱充分地表现出来，使我们的作品，于世界别国人的作品之外另成一种气息，夫然后我们的工作才不算枉做，我们送给柯达克矮克发的钱才不算白费。诚然，这个目的并不是容易达到的；但若诚心做去，总有做得到的一天。我今将这话郑重写出，作为本序的结论，用以笃促自己，并贡献于全国爱玩照相的同志们。

（十七年十二月十五日，北平）

北大河

惟中华民国十有八年十有二月，北京大学31周年纪念刊将出版，同学们要我做篇文章凑凑趣，可巧这几天我的文章正是闹着“挤兑”（平时答应人家的文章，现在不约而同地来催交卷），实在有些对付不过来。但事关北大，而又值31周年大庆，即使做不出文章，榨油也该榨出一些来才是，因此不假思索，随口答应了。

我想：这纪念刊上的文章，大概有两种做法。第一种是说好话，犹如人家办喜事，总得找个口齿伶俐的伴娘来，大吉大利说上一大套，从“红绿双双”起，直说到“将来养个状元郎”为止。这一工我有点做不来，而且地位也不配：必须是校长，教务长，总务长等来说，才能说得冠冕堂皇，雍容大雅，而区区则非其人也。第二种说老话，犹如白发宫人，说开天遗事，从当初管学大臣戴着红顶花翎一摆一摇走进四公主府说起，说到今天二十九号汽车在景山东街嗷嗷嗷，从当初同学中的宽袍大袖，摇头抖腿，抽长烟管的冬烘先生说起，说到今天同学中的油头粉脸，穿西装，拖长裤的“春烘先生”（注曰：春烘者，春情内烘也）。这一工，我又有点不敢做，因为我在学校里，虽然也可以窃附于老饭桶之列，但究竟不甚老：“老于我者大有人在。不老而卖老，决不能说得“像熬有价事”：要是说错了给人挑眼，岂非大糟而特糟。

好话既不能说，老话又不敢说，故末真有点尴尬哉！

叫！有啦！说说三院面前的那条狗罢！

我不知道这条河叫什么名字。就河沿说，三院面前叫做北河沿，对岸却叫做东河沿。东与北相对，不知是何种逻辑。到一过东安门桥，就不分此岸彼岸，都叫做南河沿：剩下的一个西河沿：却丢在远远远的前门外。这又不知是何种逻辑。

真要考定这条河的名字，亦许拿几本旧书翻翻，可以翻得出。但考据这玩艺儿，最好让给胡适之顾颉刚两先生“卖独份”，我们要“玩票”，总不免吃力不讨好。

亦许这条河从来就没有过名字，其惟一的名字就是秃头的“河”，犹如古代的黄河就叫做河。

我是个生长南方的人，所谓“网鱼漉鳖，在河之洲：咀嚼菱藕，捃拾鸡头；蛙羹蚌臛，以为膳羞；布袍芒履，倒骑水牛”，正是我小时候最有趣的生活，虽然在杨元慎看来，这是吴中“寒门之鬼”的生活。

在八九岁时，我父亲因为我喜欢瞎涂，买了两部小画谱，给我学习。我学了不久，居然就知道一小点加一大点，是个鸭，倒写“人”字是个雁；一重画之上交一轻撇是个船，把“且”字写歪了不写中心二笔是个帆船。我父亲看了很喜欢，时时找几个懂画的朋友到家里来赏鉴我的杰作。记得有一天，一位老伯向我说：“画山水，最重要的是要有水。有水无山，也可以凑成一幅。有山无水，无论怎样画，总是死板板的，令人透气不得。因为水是表显聪明和秀媚的。画中一有水，就可以使人神意悠远了。”他这话，就现在看来，也未必是画学中的金科玉律；但在当时，却飞也似的向我幼小的心窝眼儿里一钻，钻进去了再也不肯跑出来；因而养成了我的爱水的观念，直到“此刻现在”，还是根深蒂固。

民国六年，我初到北京，因为未带家眷，一个人打光棍，就借住在三院教员休息室后面的一间屋子里。初到时，真不把门口的那条小河放在眼里，因为在南方，这种的河算得了什么，不是遍地皆是么？到过了几个月，观念渐渐的改变了。因为走遍了北京城，竟找不出同样的一条河来。那时北海尚未开放，只能在走过金鳌玉蝀桥时，老远的望望。桥南隔绝中海的那道墙，是直到去年夏季才拆去的。围绕皇城的那条河，虽然也是河，却因附近的居民太多了，一边又有高高的皇城耸立着，看上去总不大入眼。归根结底说一句，你若要在北京城里，找到一点带有民间色彩的，带有江南风趣的水，就只有三院前面的那条河。什刹海虽然很好，可已在后门外面了。

自此以后，我对于这条河的感情一天好一天；不但对于河，便对于河岸上的一草一木，也都有特别的趣味。那时我同胡适之，正起劲做白话诗。在这一条河上，彼此都吟过了好几首。虽然后来因为吟得不好，全都将稿子揉去了，而当时摇头摆脑之酸态，固至今犹恍然在目也。

不料我正是宝贵着这条河，这条河却死不争气！十多年来，河面日见其窄，河身日见其高，水量日见其少，有水的部分日见其短。这并不是我空口撒谎：此间不乏十年以上的老人，一问便知端的。

在十年前，只隆冬河水结冰时，有点乌烟瘴气，其余春夏秋三季，河水永远满满的，亮晶晶的，反映着岸上的人物草木房屋，觉得分外玲珑，分外明净。靠东安门桥的石岸，也不像今日的东歪西欹，只偷剩了三块半的石头。两岸的杨柳，别说是春天的青青的嫩芽，夏天的浓条密缕，便是秋天的憔悴的枯枝，也总饱含着诗意，能使我们感到课余之暇，在河岸上走上半点钟是很值得的。

现在呢，春天还你个没有水，河底三对着老天；秋天又还你个没有水，老天正对着河底！夏天有了一些水了，可是臭气冲天，做了附近一带的蚊蚋的大本营。

只是十多年的工夫，我就亲眼看着这条河起了这样的一个大变化。所以人生虽然是朝露，在北平地方，却也大可以略阅沧桑！

再过十多年，这条河一定可以没有，一定可以化为平地。到那时，现在在蒙藏院前面一带河底里练习掷手榴弹的丘八太爷们，一定可以移到我们三院面前来练习了！

诸公不信么？试看西河沿。当初是漕运的最终停泊点；据清朝中叶人所做的笔记，在当时还是樯桅林立的。现在呢，可已是涓滴不遗了！

基于以上的“瞎闹”（据师范大学高材先生们的教育理论，做教员的不“瞎闹”是就‘瞎不闹’，其失维均，故区区亦乐得而瞎闹），谨以一片至诚，将下列建议提出于诸位同事及诸位同学之前：——

第一，那条河的最大部分（几乎可以说是全体），都在我们北大区域之内，（我们北大虽然没有划定区域，但南至东安门，北达三道桥，西迄景山，谁也不能不承认这是我们北大的势力范围矩——谓之为“矩”而不言“圈”者，因其形似矩也——而那条河，就是矩的外直边），我们不管它有无旧名，应即赐以嘉名曰“北大河”。

第二，既称北大河，此河应即为北大所有。但所谓为北大所有，并不是我们要把它拿起来包在纸包里，藏在铁箱里，只是说：我们对于此河，应当尽力保护；它虽然在校舍外面，应当看得同校舍里面的东西一样宝贵。譬如目今最重要的问题，是将河中积土设法挑去，使它回复河的形状，别老是这么像害着第三期的肺病似的。这件事，一到明年开春解冻，就可以着手办理。至于钱，据何海秋先生说——今年上半年我同他谈过——也不过数百元就够；那么，老老实实由学校里掏腰包就是，不必向市政府去磕头，因为市政府连小一点的马路都认为支路不肯修，哪有闲情逸致来挑河？（但若经费过多，自当设法请驻平的军队来帮帮忙）此外，学校里可以专雇一两个，或拨一两个听差，常在河岸上走走。要是有谁家的小少爷，走到河边拉开屁股就拉屎，就向他说：“小弟弟，请你走远一步罢，这不是你府上的冲厕啊！”或有谁家的老太太，要把秽土向河里倒，就向她说：“你老可怜可怜我们的北大河罢！这大的北平城，哪一处不可以倒秽土呢？劳驾啊，我给您请安！”诸如此类，神而明之，会而通之，是在哲者。

河岸上的树，现在虽然不少，但空缺处还很多。我的意思，最好此后每年每班毕业时，便在河旁种一株纪念树，树下竖石碑，勒全班姓名。这样，每年虽然只种十多株，时间积久了，可就是洋洋大观了。假如到了北大开一百周年纪念会时，有一个学生指着某一株树说：“瞧，这还是我曾祖父毕业那年种的树呢，”他的朋友说：“对啊！那一株，不是我曾祖母老太太密斯某毕业的一年种的么？”诸位试闭目想想，这还值不得说声“懿欤休哉”么？

总而言之言而总之，我虽然不相信风水，我总觉得水之为物，用腐旧的话来说，可以启发灵思；用时髦的话来说，可以滋润心田。要是我们真能把现在的一条臭水沟，造成一条绿水涟漪，垂杨飘拂的北大河，它一定能于无形中使北大的文学，美术，及全校同人的精神修养上，得到不少的帮助。

我的话已说完，诸位赞成的请高举贵手，不赞成就拉倒，算我白费，请大家安心在臭水沟旁过活！

（十八年十二月一日，北平）

北旧

李老板来信，说明年一月，《北新》要出特号，要你做篇文章凑凑趣。我于文学艺术之类不敢谈。杂文呢，从前虽然胡诌过一些，却早已收了摊，正所谓“此调不弹已久”，现在那里还写得出什么。但李老板的面子总得敷衍一下。无论如何，还是写一些杂文罢。

所谓“北旧”，乃是对“北新”而言。当初李老板取“北新”二字做招牌，究竟出于“何典”，兄弟并未用胡适之顾颉刚两先生的手腕考据过。望文生义，大概是希望古老的北京日即于新罢。可是，自从去年六月北伐完成，青天白日旗的光辉照耀到了此土以后，北京已变做了北平，“京”的资格已变做了“旧京”了。诚然而又诚然，亦许现在的北平，正是符合着我们的希望，日见其新：政治新，社会新，文化新，一切一切，无有不新，可是我根据了“旧京”的“旧”字，造出“北旧”二字来与“北新”相对待，虽然头脑冬烘，也未必见得羌无故实罢。

开首第一句话，便是现在的北平，比从前萧条得多了。一地方的萧条与繁盛，在久处其地的人是看不大出的。正如我们天天看着小孩子们长成，天天看着朋友们衰老，却是一点也不觉得。所以你若问一个长住北平的人：“北平萧条到怎么样了？”他一定说“也不见得怎么样罢，比从前总差一点。”要是他离开了北平一两个月，到繁盛的南京上海等处打了一个圈子回来，那么，他一出东车站，眼看得正阳门前地方空旷，车马行人稀少的景象，就不免要有今昔之感了。

李仲揆先生今年夏季到北平来，向我说："我离开了此地只一年多，不想竟荒凉到了这样。我在西华门一带，拿了一张五块钱的票子要想破一破，连跑了几家都说没有零钱。这简直不成话。好像是人家死了人，要等着钱买棺材的样子！"他这话说得过分了些罢，然而在看过北平已往的繁荣的人，都不免有这种强烈的感触。

北平的铺子，关门的真不少，尤其以节前节后为多。听说有许多有名的大铺子，要关是不准关，开着是每天所卖的钱，还不够支持一天的门面的开销，这才是要命。

然而有人说，这是半年以前的现象，现在又渐渐的好些了。阿弥陀佛！我也希望是这样。

我的老友大名鼎鼎的某先生，是个痛爱北平的人。他今年春天到了此间，曾做了一首诗，写给我看。其诗云：

三年不见伊，
便自信能把伊忘了。
今天蓦地相逢，
这久冷的心又发狂了。
我终夜不成眠，
萦想着伊的愁，病，衰老。
刚闭上了一双倦眼，
又只见伊庄严曼妙。
我欢喜醒来，
眼里真噙着两滴欢喜的泪，
我忍不住笑出声来，
"你总是这样叫人牵记！"

他一壁写着，一壁笑着向我说："这首诗是不能给我夫人看见的，看见了要吃醋的。"这可有些奇怪，这一类的象征诗，原是极普通的，他夫人的气量，何至于如此其小？然而，为免得老朋友家打翻醋罐头起见，谨于前文中大书特书曰"某先生"而不名。

北平本是个酒食征逐之地，故饭庄之发运，由来已久。自从首都南迁以后，各饭庄也倒了一两个月的霉。可是过了不久，各方的要人一批一批的到来，饭庄门口的汽车，又立时拥挤起来了。彼时的要人们，自然每一顿饭时，总有三五顿以至六七顿饭可吃，只恨肚皮太小，容不下许多。便是跟随要人们的次要人们，也无一不吃饱喝足。其理由如何，似乎可以不必细说。

后来要人们来得渐渐的稀少了，一般请吃饭先生们，或者已经找到了饭碗，找不到的，也都被襆而之他了，所以饭庄的买卖，又不免清淡了一些。但是，虽然清淡，比之其余三百五十九行，还强得许多。其原因是北平地方，已成了这样的一个习惯：若要邀集几位朋友或同事商量什么一件事，即使这件事是公事，并非私人的请托，似乎总得先请一顿饭，说起话来才便当些。至于要同阔人先生们谈话，尤非请饭不可。因为阔人先生们是很忙的，今天西山，明天东山，要找也不容易找得着，只有送个帖子请吃饭，或者到了吃时，他不好意思来个电话说“谢谢”，却抽空来坐上三分五分钟。于是乎时机不可失！连忙将他拉至一旁，咬着耳朵说话。虽然这样的话说了不免变做耳边风，过上一年半载无消息，可是说总是说到的了。

最“懿欤休哉”的要算今年暑假前某某等校的“琼林宴”了。本来学生毕业，不比得学徒“满师”，不必请什么酒。即使要请，也只须学生请老师一次，老师还请学生一次就完了。而今后的某某等校则不然；开始是全体学生请全体教员。接着是全体教员还请全体学生；其次是各系学生分请各系教员，接着是各系教员还请各系学生；再次是某某等高足合请某某等恩师，接着是某某等恩师还请某某等高足；此外还有种种色色的花头，闹得一个整月之中，“每饭必局”。呜呼，此其“劳民伤财”乎，亦“洋洋大观”也。但寒酸的也有，例如东城的某校，仍只按着往例请一两次茶点：所谓茶，乃两大子儿一包之茶叶；所谓点，乃东安市场两毛钱一斤之饼干及牛根糖之类。呜呼，（再来一个呜呼，不怕张耀翔先生叱为亡国之音！）如此而欲自命为“最高学府”，盖亦未免丢脸也已！

北平之饭局如此其多也，故亦不免“城门失火，殃及池鱼”。即如区区余小子，狭人也，但有时竟可以一星期中有十多次饭局。这真是“糟糕衣吗司”！若然是中饭，非两三点钟不能散，脸喝得红红的，肚子装得满满的，一个下午就不能好好的做工了。若然是晚饭，就非九十点钟不能散，回家后不但不能做工，且须吃了一两片苏打明才能睡觉。有时碰到几个饭局在一起，而又分处于东西南城，那就更糟。因为人家吃的时候，正是我在路上跑的时候。到各处一一巡阅到，敷衍到，人家也就吃完了，我还是饿着肚子回家去喝糟糠夫人所预备的稀饭！所便宜的只是洋车夫，他老人家可两毛两毛的满载而归了。

据说南京与北平不同。今年暑假中在南京看见蒋梦麟，我问他："你现在荣任了部长，每天总有许多饭局罢。"他说："没有，一个也没有。甚至于一个月中一次也没有。有时同几个朋友吃吃夫子庙的四五六，或府东街的老万全，只是小吃而已，不成其为饭局。"这一点，却是新京的新现象，值得大书特书的。若换在北平，恐不但部长，便是司长科长局长之类，也不能有这样的安闲生活。

阔人与汽车！这里面的连带关系，是三岁的小孩子都能明白的。汽车非阔人不能坐，阔人非汽车不能显其阔。

但是，现在的北平，这一项界说渐渐地有些摇动了。

自从首都南迁，从前的大阔人，小阔人，大官僚，小官僚，都不免携着妻妾儿女，带着整捆整箱的金银细软，纷纷的往别处去另谋生路。但汽车之为物，既不细，又不软，带走既不能，搁着又要锈烂，不得不出于廉价卖去之一途。于是乎北平市面上，自那时起以至于今日，旧汽车之廉价，决非他处人所能梦想。只须你通声风儿说要买汽车，保管一天之内有十辆八辆开来给你看，请你试坐，价值最高的不过一千余元，六七百元的最普通，三四百元的也有，真要廉之又廉，据说还有一百元或八十元的！在这种状况之下，自然大家都要过过汽车瘾（特别声明：我并没有说过过阔人瘾）。我们朋友中，从前同是两轮阶级，现在升做四轮阶级的也不少，有时同上什么地方去，承他们的情邀我同坐，我也就乐得大揩而特揩其油！

有数百元的资本就可以买一两辆旧车开个汽车行，所以小汽车行日见其多了。车价也日廉：普通是一元四一点钟，有几家只须一元一一点钟，第二点钟以后还可以便宜些。要是别处的朋友看了有些眼红，不妨到北平来坐坐，不过，这种便宜车子坐了并不见得阔气，因为式样太旧了；也并不见得舒服，因为一路不绝的糠糠糠，好像挑了一副铜匠担子和人家赛跑！

但北平方面上并不是没有新汽车。旧阔人既去，新阔人自来。新阔人当

然要坐新汽车，决不肯挑铜匠担。所以你在街上，也时时可以看见一九二九式或一九三〇式的新车，嗤的一声在你面前飞也似的过去。坐了这种车不但阔气与舒服而已，而且车子是公家买的，每月的开销也是公家付的，自己不用掏半个子的腰包，不比一般过瘾朋友，穷并极凑买了一辆车，还要每月打打小算盘：算算汽油烧去了七桶八桶半，再算算这一个车夫的偷油本领，是不是比前一个车夫小一点。所以，汽车究竟还是要阔人坐的。

但北平市面上的汽车日趋于平民化，乃是不可掩的事实。我没有到过美国，据说美国的汽车，已经普遍到了一般平民了。若然这话是真的，我就觉得异常的光荣：因为我们的古老的北平，在这汽车一点上，已经可以和美国并驾齐驱了！

现在要谈谈北平的文化事业了。在南北尚未统一的时候，我天天希望着首都南迁说之可以实现。我的意思是：这地方做了几百年的都城，空气实在太混浊了；而且每有政争，各地的枪炮，齐向此地瞄准了当靶子打，弄得我们心神纷乱，永无宁日。若有一天能把都城这劳什子搬到别处去，则已往的腐败空气，必能一廓而清；大人先生们要打仗，也可以另挑一个地方各显身手。于是乎我们这班酸先生，就可以息心静气的读书，安安闲闲的度日，说不定过上数十年之后，能把这地方改造得和日本的京都，英国的牛津剑桥一样。

后来首都果然南迁了。算至今日，已经南迁了一年半了。在这一年半之中，我们也时常听见要把北平改造为文化区域或文化都会一类的呼声。结果呢，将来亦许很有希望罢，截至现在为止，却不见有什么惊人的成绩。

在文化事业这一个名词之下，可以大别为两类：一类是文物机关，即图书馆博物馆等；又一类是学校。

先说文物机关。在去年张大元帅东归——一本作“西归”，亦是——之后的一两个月之内，我们几个好事者，有过一种建议，要想把北平所有的文物机关归一个总，然后按着性质，重新分类，重新定出一个有系统的，合于科学规律的办法出来。直到现在，便是有人要枪毙我，我还说这种的建议是不错。无如我们这班“细民”们的建议算得了什么呢？你尽可以有理由，有根据，人家总还报你一个“此中有历史关系，不能如此办”。其实，那里有什么历史关系，只是地理关系（“地盘”）罢了！

现在北平的各文物机关的情形，大致是如此：

最庞大的是故宫博物院，直隶于中央政府的；院长是易培基易部长。

故宫博物院虽然庞大，据说经费并不充裕，所以内部情形，并不见得比从前有什么进步。不过神武门的门楼，已经重加修饰，现在远远望去，颇有金碧辉煌之致，不比从前的乌烟瘴气。

神武门对面的景山，一向是驻兵的，自从去年夏间文物维护会与老西将军再三交涉，允许不再驻兵后，即归故宫博物院保管。现在北京大学学生要想收回景山，作为北大第四院；理由是：景山与北大接近，是北大的天然校园；而且，北大之想拨景山，在十多年前已有动议，不自今日始。故宫博物院方面，则以为该院保管景山，由来已久，当然碍难照准。双方各有理由，这一场官司不知打到何时可以了结也。

范围没有故宫博物院大而所藏珍品极多的，要算古物陈列所。该所从前隶属于内务部，现因“历史关系”，仍隶于内政部。其实，该所所藏物品，和故宫博物院里的物品的性质完全相同，地址也只有一墙之隔。若将那一道墙打通了，将两个机关并而为一，在行政上必定便利得多，节省得多；在参观的人，也可以省几个车钱，省几步脚力。无如大人先生们不肯这么办，那还有什么话说呢？

故宫博物院的门票，从前每路卖现大洋一元，现在减为五毛。古物陈列所我已好久没去，大概还是每殿卖五毛，入门票在外。如遇元旦国庆等节，则减半收价。便就半价两毛五说罢，一个拉洋车的必须等到了元旦国庆，拉了一点一刻钟的车（北平普通行市，拉车每点两毛），才能走进门去，瞻仰瞻仰当初独夫民贼们敲诈剥削而来的许多赃物，这在中华民国“民”字的意义之下，还是光荣呢？还是耻辱？

欧洲各国的博物院，大都是进门不要钱；即如伦敦的不列颠博物院，收藏如此其丰富，设备如此其完全，对于观众的指导如此其周到，进门还是一个子不要。法国的博物院，从前也是不要钱的；欧战后，因为法郎跌价，国家财政困难，议决全国各博物院，平时卖门票，每人一法郎（合中国一毛），星期日免收。以英法两国的生活程度与中国相比，以英法两国一般人民的富力与中国相比，恐怕故宫博物院古物陈列所，即使要卖门票，至多也只能卖两个子一张；而现在的五毛钱，乃两个子的一百倍也！

欧洲各国之设博物院，旨在补充教育，其意若曰："你们老百姓，都是国家的好孩子。只怕你们不要好；你们若要好，国家总设法帮助你们，使你们有机会可以广开眼界，增知识；犹如做父兄的，总愿意把劳苦挣来的钱，给子弟们买书籍买纸笔一样。"

我们贵国却大不相同："这是宝贝，这是皇帝家的宝贝！要看的拿钱来，五毛钱一张票不打价！不要看拉倒！"

呜呼！一则父母之于爱子之态度也，一则卖野人头者之态度也。失之不仅毫厘，此所以谬亦不仅千里也！

至于出版品之贵，更是骇人听闻。《掌故丛编》只是五十页的铅印本，而定价五毛。《故宫月刊》只是二十张珂罗版，而定价两元。这样凶的定价，置之于一般书铺子里所出的书中，已大有挨骂的价值；然而书铺子无论是"小本经济"也好，"大本经济"也好，其目的总在于求利；且于掌柜先生们求利的目的之外，还要顾到穷酸先生们的稿费或版税；所以定价凶一点，还尽有可以原谅的余地。今以堂堂国家所办事业，其目的既不在求利，所取材料，又大多是现成的——年羹尧等决不会从棺材里伸出手来要版税——而定价如此之凶，真令人莫名其土地堂！

至于"散氏盘""新莽量"的拓本每张卖五十元，用原印打出来《金薤留珍》每部卖一百元，我却并不以为贵，而且我主张还可以大大的贵上去。因为这些东西，本是预备卖给阔老先生们做奢侈品的（学者们要研究，有影印本就可以，不必原拓本），敲他一个小竹杠，无损于他的九牛之一毛。至于普通印本，我总以为愈廉愈好，即不肯赔钱，亦只应以能于收回印本为限。我想：办理故宫的先生们，看了我前面的文章或者不免要生气，看到此处，也总以为我的主张是有理性的，是平心静气的罢。

今年夏季有过这样的一件事。有一个什么国的洋鬼子，到故宫里看见了瓷器忽然大大的赞赏起来，于是乎向馆中表示，愿意捐钱修理某殿，以为陈列瓷器之用。可是，他妈的慷而不慨！既愿捐，又不愿多捐：说来说去，才说定了五千元，可又提出一个条件：将来该殿所陈各种瓷器，须用该洋人审定名义，因为，据该洋人自己说 该洋人在研究瓷器上是很有名的。一天，我在西车站吃饭，听同席马叔平俞星枢两先生谈说这事，都是皱着眉头，似乎难办得很。我在旁看了，不免跳起来说："这还有什么难办！退还他妈臭钱，不就完了？中国虽穷，决不在乎他这五千元。中国虽无人，决不至于要鬼子来审定瓷器。”马俞两先生颇以鄙说为然，允即退还该款。过了两天，我就到南方去了。此事如何结局，我不知道，但似乎有一天，在火车上看报，看见一条路透电，说有某国某老斗，捐巨款帮助故宫整理所藏瓷器云云，颇极大宣而特传之能事。究竟如何，回平后诸事栗落，也就没有问起。（有人说我译名不美化，今试以“老斗”译“Lord”，美乎否乎？）

古物陈列所的经济情形，我不大知道。故宫博物馆，可的确是清苦得很（听说高级职员都不拿钱，低级职员的薪水也不丰）。所以，就事实上说，门票卖得贵，出版品卖得贵，还是院中诸办事先生苦心孤诣设法使故宫博物院的生命可以延长；要不然，免不了关上大门完事。所以，我在前文中虽然大骂，在此地却不得不小小招赔：我不是对于院中的谁某有所不满。我所怀疑的是：国家对于办理此事，究竟采取何种态度？记得去年六七月中，有人提议将故宫物品完全拍卖。这虽然是一个比世界更大的大笑话，却也干脆则有余。现在既不拍卖，又不筹出相当的经费来好好地办，只在门票与出版品上打小算盘，有时连外国老斗的五千元都想收受——五千元之于中华民国，其重要当然还不如一个镚子之于区区也——岂非丢脸也乎哉！岂非丢脸也乎哉！

故宫博物院与古物陈列所之外，还有两个小博物院。一个是历史博物院，当初隶属于教育部，统一后改隶古物保管委员会，近又划归中央研究院历史语言研究所。这是个先天不足的苦命鬼！在隶属教育部时代，早已闹得捉襟见肘，无米为炊。到改隶了古物保管委员会，更是不名一文，干僵大吉！近归史语研究所，钱是可以有一点了，可是傅大胖子的意思，一会儿要想把它停办了，把房屋作为整理档案之用，一会儿又想大办而特办，所以现在还是个不死不活的局面，将来究竟如何，且听下回分解。

另一个是天文陈列所，当初是中央观象台，统一后，高台长（正篆曰鲁，次篆曰叔青）自南方来，将台中一切测量仪器搬往新都，只留下几件老古董，可看而不可用者，因改为今名。改名后，曾由教育部聘任委员数人主持其事。无如钱既不多（好像每月只有三百元），各位委员先生又都是“文而不天”（注曰：知文事而不知天象也）的门外汉，所以在一年之内，只是个冷冷清清的闲机关而已。数月前，改由中央研究院天文研究所接收，接收后如何办理，我们不大清楚。

北平的图书馆，最大的有两个：一名京师，在方家胡同，统一后改名北平，迁居仁堂；一名北京，在北海，统一后改名北海。北平以多藏旧本得名，北海以经费充裕占优势。本年夏，教育部议决将两馆合并，而称居仁堂为第一馆，北海为第二馆，俟明年养蜂夹道新屋造成，一同迁入；并升任北海馆长袁同礼为副馆长，正馆长则由蔡孑老遥领。自此以后，有甲方之多书，益之以乙方之多金，更益之以袁副馆长之能干而又肯干，前途希望，的确不错。小子于此，窃不禁愿为袁副馆长小小捧场焉！

新兴的文物机关是古物保管委员会。此有总会与北平分会之别，但均设于团城之内。总会主任委员是张溥泉先生，分会主任委员是马叔平先生。这两位，一位是国家的大老，一位是考古界的老大，以任斯职，真可谓人事相宜矣。但委员会只是个监察机关，并无积极的事业可办，所以平时异常清闲，职员们到会划到之后，或静赏团城风景之美，或组织圆坛印社而致力于刻印，亦盛业也。但有的时候，即使有事，也不容易办得圆满（曰“有的时候”者，非全称肯定也）。譬如什么地方的土豪劣绅，用非科学的方法挖掘古董，会中要设法禁止，他有他的“地头蛇”的资格，睬也不睬你。或者是，什么人的兵要砍伐什么地方的古树变价，你去禁止，正所谓“秀才遇着兵，有理说不清”。或者是，有一家古董铺子要将某宗古董卖给外国人，等到你听见了去调查，调查了去扣留，说不定他早已设法运送出口了。即如去年的东陵案，当时文物维护会与古物保管委员会两方，也卖过不少的气力，闹了许久，也没有看见个“水落石出”。所以我向张溥泉先生说笑活：“先生，北平政治分会主席也；其在前清，则大红顶子直隶总督也。以大红顶子直隶总督而犹无能为力，则知中华古物之保管，盖戛戛乎其难也！”

说到了古物保管委员会，就不得不想到安得思那小子！他本是个流氓（诸公如其不信，见面便知端的），学问平常，只是因为挖到了恐龙蛋，美国人就替他大吹特吹，说是二十世纪十大发现之一（我国袁希渊先生，去年在天山一带，不但发现恐龙蛋，而且发现大小恐龙骨数十具），他于是乎趾高气扬，以开山刨地，翻尸倒骨为终身的职业。他被美国纽约天产博物院任为中亚考古团团长，带领大队人工，到内蒙一带去挖掘古物，前后已有七次，每次总是挖了几十几百大箱的东西运出去（北平弓弦胡同有一个永久办事处，足见其规模之大），中国政府既不过问，人民更是全不知道。到去年夏季，他又从内蒙挖了八九十箱东西运回北平打算从北平运往天津出口，却被文物维护会和古物保管委员会查到了。再一查他的护照，却并没有中国政府允许发掘古物字样，只是允许打猎而已。夫打猎乃地面上之事，打猎而可入地，恐怕美国字典中没有这样的解释罢。于是他虽然强项，也不得不相当的就范：结果把他那八九十个大箱子一起打开，请专家审查，该扣留的扣留，该发还的发还；同时还订了一个协定，由他承认：此后如再往内蒙一带发掘，不得自由行动，须先与中国学术团体接洽，双方订立办法，经由中国政府批准后，方可实行。这在中国方面，已经客气到万分的了。要是咬定了他护照上只许打猎一句话，即使把全部八九十个箱子一齐扣留，他也无屁可放。可是，他一面写了“伏辨”，一面却怀恨在心，怂恿了北平的各鬼子报，将文物古物两会大骂特骂，说我们此举“是妨害文化”，“是中国人不懂科学的表示”。这种鬼子报，先天里就带着要骂中国人的使命，犹如狗的先天里，就带着要吃屎的使命，所以我们也只是置之不理而已。

到今年春季，安得思想再到内蒙去，根据着去年所写伏辨中的话说，来同古物会接洽（其时文物会已停止进行）。古物会就将两年前中国学术团体协会与瑞典斯文赫定所订西北科学考察团的办法给他看，要他照办。他哪里肯照办呢？他表面上虽然说出了许许多多的不同之点，而其实，有一点最不同，是他没有明说而我们看出来的，就是：瑞典是小国，美国是大国，大国有威风，不能照小国的办法！不办就拉倒；而他又死不肯放，横一回竖一回来同我们商量。大约每星期商量一次，经过了十多次，才渐渐的有一点眉目。正预备要签订草约了，他忽然食言而肥，将前后所讨论的，全都推翻。于是乎北平各鬼子报的骂声，又突然飞噪起来了，他一面向我们决裂，一面却电请天产博物院院长欧司本找美国国务卿史汀生向中国驻美伍公使交涉，伍公使照电王外长，王外长照电古物会，——这样“城头上出棺材”，打了老大的一个圈子，其目的无非想把从前已经讨论得有眉目的条件，再大大的减轻而已。但大帽子尽可以压下来，我们这班古物会里的宝贝，却也有铁硬的头皮顶着。于是乎王外长来一电，我们复一电；来两电，我们复两电；来三去四，终无结果。后来王外长自己到了北平，我们约他到会里来谈谈，他就说：“我们很希望美国国务卿将来帮助我们撤销领事裁判权，所以在这种小事上，最好退让一点。”（皇天后土，实闻此言）后来又觉得话说得太具体了，改口说：“也未必一定是撤销领事裁判权一件事。总而言之，外交上的手腕，是你拉我掣的（说时，以两手握拳作拉掣势）。小地方吃点亏，大地方总可以占些便宜。”（皇天后土，实闻此言）他这样一说，竟把我们几个宝贝说呆了。原来我们做的事，竟足以妨害撤销领事裁判权，竟足以使我中华民国“革命的外交”上占不到大便宜，这还了得！老苍在上，鉴此愚衷：我们的爱国心，实在不下于王外长；连忙拨转舵来，向王外长说：“得啦得啦！要是真能在这件事上吃些小亏而使国家占到大便宜，我们也未尝不愿意把当初所讨论的条件重加考虑：但求于原则无背，我们总可以退让一些。”于是王外长也很满意，呜的一声，汽车开了。过几天，安得思从王外长处得到了好消息，约我们面谈一次，我们就把最后让步的限度告诉了他，由他电告美国欧司本。再过几天，安得思又约我们面谈，我们想，这大概是“我们的好消息”罢，中国外交上占大便宜的机会到了。不料一见面，他就说：“奉到欧司本来电，不得与古物保管委员会订结任何协定。”啊哟哟，老天爷降福于我们的王外长啊！劳你驾，费你心，叨你光，中国外交上的大便宜已经占到了多少了？而我们几个呆子的脸，可丢到了裤裆里去了？……这时候，一般鬼子报的骂声又起了。

但是，这还不算妙，妙的还在后面。两星期前，我忽然接到美国寄来的一本《科学杂志》（Science，Vol. LXX. No. 1813），其中第一篇文章，便是关于这一次交涉的经过的报告，作者就是天产博物院院长欧司本。这报告里说些什么话，当然是可想而知：无非把‘妨害文化”“不懂科学”等等罪状，一起加在我们身上。可惜有些遗憾，他把两年前与斯文赫定交涉的中国学术团体协会和现在的古物保管委员会并做了一谈，他又错认古物保管委员会是个私立的机关，说中国政府已经答应了，偏有这私立机关从中作梗。据说欧司本是个有学问的老者（因为他的一门学问我不懂，所以只得据说而已），不比安得思是个纯粹的流氓。然而糊涂至此，亦殊可怜。大概是太老了，快要到地里去了，所以对于地底下的事，转比地面上的事更清楚了！

他在杂志里夹着一页信，是他亲笔签名的，其末段说：“在十一月中（原信十月二十二日写），我要向华盛顿的中国公使，和美国国务卿史汀生，和美国总统，重新提议这一件。同时我请你向北京（“京”字照译）的美国公使，和我们的团长安得思博士接洽，表示你对于中亚考古团的科学上的重要，能于领会，……”吓！好家伙！你一面做文章骂人，一面还要叫我去向美国公使和安得思磕头！欧司本老先生，这还是你太滑稽了呢？还是我刘半农的骨头太贱了呢？

写到此地，就算把北平的文物机关方面的事写完。以下按照预定的程序，应当写北平的学校方面的事了。但学校方面的事，是不容易写的；虽然我也很想写上十张八张，多骗李老板几个钱稿费，可是再三考量（此再三考量四字，用得颇有文质彬彬之概），终以不写为是，——即此只当不知，闭上眼蒙头大卧了事。

为山本大夫扬名

小女若子本月十六日晚呕吐腹痛，请旧刑部街山本忠孝大夫诊视，云系胃病。夜半腹剧痛，病人自知系盲肠炎，内人雇汽车亲自去接，而山本大夫，仍称是胃病，不肯来诊。至十七日晚，始言是盲肠炎，候次日检查血液再说。十八日下午电覆云，并非恶性，药治可愈，割治亦佳。唯日华同仁医院割治无生还者，万不可入，嘱进德国医院。当于即日进院割治，则盲肠已穿孔成腹膜炎，不复可救，于二十日晨死去。窃思医生误诊事尚可原谅，唯如山本大夫迁延掩饰，草菅人命，殊为希有，特为登报扬名。幸病家垂鉴焉。

周作人启

这是十一月三十日《世界日报》的广告；第二天的广告，题目改为《山本大夫误诊杀人》，“唯日华同仁医院割治无生还者万不可入嘱进”十九字改为“指定令进”四字；“特为登报扬名”改为“特为发表”。

十二月四日，岂明又在《华北日报·副刊》里，发表《若子的死》一文，其末后两段云：

关于医生的误诊我实在不愿多说，因为想起若子的死状不免伤心，山本大夫也是素识，不想为此就破了脸。但是山本大夫实在太没有人的情，没有医生的道德了。十六日请他看，说是胃病，到了半夜复又剧痛，病人自知痛处是在盲肠，打电话给山本医院，好久总打不通，我的妻雇了汽车亲自去接，山本大夫仍说是胃病，不肯来诊，只叫用怀炉去温，幸而家里没有怀炉的煤，未及照办，否则溃烂得更速了。次晚他才说真是盲肠炎，笑说，“这倒给太太猜着了。”却还是悠闲地说等明天取血液检查了再看。十八日上午取了血液，到下午三时才回电话，说这病并非恶性，用药也可治愈，唯如割治则一劳永逸，可以除根。妻愿意割治，山本大夫便命往德国医院去，说日华同仁医院去，说日华同仁医院割治者无一生还，万不可去，当日五时左右在德国医院经胡（Koch）大夫用手术，盲肠却已溃穿，成了腹膜炎（根据胡大夫的死亡证书所说）过了一天遂即死去了。本来盲肠炎不是什么疑难之症，凡是开业医生，当无不能立诊断，况病人自知是盲肠，不知山本大夫何以不肯虚心诊察，坚称胃病，此不可解者一。次日既知系盲肠炎，何以不命立即割治，尚需取血检查，至第三日盲肠已穿，又何以称并非恶性，药治可愈，此不可解者二。即云庸医误诊，事所常有，不足深责，但山本大夫错误于前，又欺骗于后，其居心有不可恕者。山本大夫自知误诊杀人，又恐为日本医界所知，故特造谣言，令勿往日华同仁医院，以为进德国医院则事无人知，可以掩藏。家人平常对于同仁医院之外科素有信仰，小儿丰一尤佩服饭岛院长之技术，唯以信托主治医故，免往他处。虽或病已迟误，即往同仁亦未必有救，唯事后追思，不无遗恨，丰一来信，问“为什么不在同仁医院，往德国医院去？”亦令我无从回答。山本大夫思保存一己之名誉，置病人生命于不顾，且不惜污蔑本国医院以自利，医生道德已无复存矣。及若子临终时山本大夫到场，则又讳言腹膜炎，云系败血症，或系手术时不慎所致，且又对我的妻声言，“病人本不至如此，当系本院医师之责，现在等候医师到来，将与谈判。”乃又图嫁祸于德医，种种欺瞒行为；殊非文明国民之所宜有。医生败德至此，真可谓言语道断也夫。

我认识山本大夫已有七八年，初不料其庸劣如此。去年石评梅女士去世，世论嚣然，我曾为之奔走调解，今冬山本大夫从德国回北平，又颇表欢迎，今乃如此相待，即在路人犹且不可，况多年相识耶！若子死后，不一存问，未及七日，即遣人向死者索欠。临终到场且作价二十五元，此岂复有丝毫人情乎！我不很喜欢友仇反复，为世人所窃笑，唯如山本大夫所为，觉得无可再容忍，不得不一吐为快耳。若子垂死，痛恨山本大夫不置，尝挽母颈耳语曰，“不要让山本来，他又要瞧坏了，”又曰，“我如病好了，一定要用枪把山本打死。”每念此言，不禁泣下，我写至此，真欲笔搁不能再下。呜呼哀哉。父母之情，非身历者不知其甘苦。妻在死儿之侧对山本大夫曰，“先生无子女，故不能知我怎样的苦痛。”山本大夫亦默然俯首不能答也。

岂明是我的老朋友，若子又是我女儿小蕙的好朋友，所以若子之死，我也异常感伤。但若子之死，只是无量数牺牲于混蛋医生者的一个例。死者已矣，我们活着的人，既不能担保永远没有病，尤不能不有和混蛋医生接触的机会，那真是危险到万分。

我们一旦有了病，第一个困难问题，就是请西医好，还是请中医好。这在以骂中医为职业的某君，自然不成问题。但胡适之马隅卿等都害过重病，西医医不好，却给中医医好了。这又使我们对于中医，不得不有相当的信仰。但适之说：“中国的医，是有医术，没有医学。”有术无学，是带一些危险性的。所以有时候，我们仍旧要舍中医而就西医。

说到西医，就得要问：究竟是私家小医生好，还是大医生好？我的意思，总以为小医生比大医院要好一点，虽然设备不能很完全，却因就诊的人少，医生比较可以静心些，又时时须顾到营业的前途，不能像大医院那样“出门不换货”，似乎危险的成分，不至于很多。现看若子女士即死于山本之手，竟使我连小医生也不敢信任了。

说到北平的大医院，那简直是混账该死该杀该剐！北平的大医院有三个，都是帝国主义者所开，我今称之曰，甲，乙，丙。（所以不直称其名者，不敢也。曷为不敢？畏其为帝国主义者所开也。）

先说丙医院的功德。数年前，我的朋友杨仲子的夫人因为难产，送往该医院去开割，是院长先生亲自动手的。割到一半，忽然总统府来了一个电话，请院长去吃饭。院长慌了，匆匆地将割口缝起就走。后来创口好了，出了医院，觉得腹中刺痛不已。再去。一验，据说还得要割。一割出来，乃是第一次开割时遗在腹中的一个铁箝子也！据说该院长在外国是学兽医的。到了中国，以医兽之道医人，也居然享了大名，是不能不令人艳羡不置也！

次说乙医院。两年前，我的侄女阿燕——是个尚未周岁的婴孩——因为受了些风寒，送往该院医治。该院要求先付四十元，才肯动手。好罢，付罢。钱一付，多谢看护妇奶奶们开始工作了。先洗热澡，次打针，过了一点钟又打针，过了一点钟又打针，……（打的是什么针，医院里照例不发表的），同时因为头上发热，又给他戴起冰帽来；此外还有种种色色的花样，看护妇奶奶们真热心，真忙。大概忙了有十二个钟头罢，眼看着阿燕断了气，他们才各自抹抹头上的汗，休息去了！她们都很能尽职，可惜病家花了四十元，其结果只是催促小孩快快的死！

次说甲医院。这是个最大的大医院。去年，我的侄儿阿明，大概是害了猩红热，送往院中求治。据大夫们一看，说并不是猩红热。那么是什么病呢？他又说不出来，要等试验试验再说。于是乎这样试验，那样试验，一闹就闹了一个多礼拜；病人有些耳痛，就在耳旁开了一个大窟窿；有些鼻痛，又在鼻头旁开了一个大窟窿，这样东一刀，西一刀，不知戳了几刀（因头上用白布包裹，不许家人解开来看，故不知前后“挥”过几刀），把病人开得奄奄一息，人相也完全没有了，而究竟是何病症，还是说不出来。再过一礼拜，病人已到了极危险的地步，家中想调换医院，而该院不肯，说：“现在要搬动，危险更大”（其实是和山本一样的卑劣思想，恐怕医治错误的证据，给别人找到）；要想找个中医进去看看，而该院只许看病，不许吃药，说是“职任所在”。这真是把病人夹在老虎钳上了叫他挺死。再过两天，阿明死了，一算账，除进院时付过的钱以外，还要找补十多元！

今年春，瑞典斯文赫定脊骨中作痛，他的随从医生郝美尔诊察的结果，只是受了些风寒罢了。而赫定因为痛得厉害，自愿进该院医治。该院因为赫定是名人，不敢怠慢，连忙把全院所有的“专家”，一起找来共同检验：验屎的验屎，验尿的验尿，验血的验血，验骨髓的验骨髓，……检验的结果，以十多位专家一致之意见，断定是某种病症，须将脊骨割开治疗。但割治脊骨这一个手术，是很麻烦的，全世界只美国芝加哥有一个专家；该院虽然也可以割，却不能担保没有危险（因为斯文赫定是名人，故不打自招；若换作中国的阿猫阿狗，就免不得要强制执行了）。这一来，就把斯文赫定那老头儿吓酥了骨！连忙打电报到瑞典，问他家庭的意见，和家庭医师的意见。回电来说：还是上美国去割好。于是这边由郝美尔护送着赫定上美国，那边由赫定的妹子带着家庭医生上美国，真也闹的个“像煞有介事”。不料赫定上了路，到了日本，病已好了一半；俟到了美国，登岸之后，竟完全好了；给那位专家一看，那专家说“从前只是受了些风寒而已，现在已好，并无割治之必要。”于是乎赫定就在芝加哥游逛了几个月回来，而这边医院里十几个专家一致之断定，就等于放狗屁！这件事，幸而是落在赫定身上，他既能慎重，而钱又足以济之，所以能保住一条老命。若落在别人身上，不是枉死城中又多一个新鬼么？

以上四事，我敢用个人的名誉信用担保叙述上并无半点虚假（阿明阿燕是我胞弟天华的小孩，仲子夫人的事是仲子亲口说的，赫定的事是赫定亲口说的），其余朋友们酒后茶余所谈各该院的成绩，若一一写出，至少可做成一部二百页的小书，因恐转展相传，不免有不尽不实之处，姑且从略。

看了以上所说，大家总可以明白北平人的生命，是处于何等危险的地位了。但这种危险，不是北平人专有的，是全中国各处人都有的。记得今年夏季，内人在上海晤到蔡孑民夫人，蔡夫人对于上海某医院索价之凶，医生之可恶，看护妇之狰狞，亦不胜其感慨。可见在这一件事上，我们要是不问，也就罢了；若要问，非联合全国人民，请政府定出个极严厉的取缔的方法来不可。

东拉西扯，稿纸已写了二十三张。若再放肆，再有二十三张也写不完，不如留些材料在肚子里，到下年《北新》再出特刊时再写。

与女院学生谈话

十九年五月五日，余就国立北平大学女子学院院长职，与全体学生谈话，其要点如次：

（一）理论须与事实兼顾。一方希望学生不多出难题目，一方学院当局不当以大言欺人。官僚就任时宣布大政方针，似乎无一不办，结果一无所办，失败时拂袖而去，此系不负责任，并非清高，团体实大受损失，余办教育决不如此。

（二）由整理以求发达。整理系手续，发达系目的。发达与发展不同，是就有状况，努力作去，办到精神饱满地位，易言之，即不添学系，不作无谓之竞赛行为。盖办学为百年大计，决不如在运动场上，博观众喝彩。

（三）与我以相当时日，由细密的，平心静气的，和衷共济的研究与讨论，渐渐纳学校于轨道，然后向发达的路上走去。

（四）比较具体地说，现在学校全无设备，甚至家具亦破烂，图书仪器更说不上。现在每月二千元图书仪器费，实在买不着什么。学生一星期只上二十多点钟课，请问其余时间，如何消磨。有时间不能消磨，是人生最苦事。可以说是“无以为生”。学生应将课余时间，在图书馆或实验室中讨生活。故今后拟由他方面节省，多买图书仪器。

（五）学校建设费，照章至少要占百分之四十，在本院绝做不到。要增加经费，恐在最近做不到。此为办学者最难境界。我总想从无法中想出方法，故非一二月中即能有成绩，亦许半年后可以稍有改观。

（六）文理两科界限须速消灭，对学校前途，固应如此；对个人学业上，须知习文科者亦必深通科学方法，方不至乱说；习理科者，亦必须有文学的修养，生活方不枯寂：至于大学毕业生而不能为精通之书信者，实在太不成话。

（七）大学生除专门学外，本国文，外国文，数学三种，均须有相当程度。大学毕业生之本国文不通，正可“投诸四夷”。外国文为知识之来源，即研究国学，亦必通一种外国文，能一种以上更佳。王静安之胜梁任公，即在通日英德三国文字，故来源比较丰富。不能数学者，说理不明，任何学问，都做不好。我虽习文，于科学为门外汉，然极信仰科学方法。

（八）闻诸位教员云，本院学生多勤学，此为学院发达之立足点。望诸位将此优点，牢牢保守，发扬光大。如无此优点，无论办学由民国十九年而至民国九十年，校舍由九爷府扩充而为十爷府，终还算不上学校，只可算得为国家虚耗民脂民膏之奢侈品。至于他人谓本校学生为闺秀，不肯作群众运动，因而不满，我则以为学生自有学生本分，保守本分，使国家有学问之人，逐年增加，使外国人不敢称中国人为半开化民族，救国之功绩，实百倍于在天安门呼口号也。

好聪明的北平商人

现在的刘半农本来不愿意多管闲事，但到了国难临头国家民族生死存亡之际，心火在内中燃燎着，要叫我不说话自己抑厄不住。

在北平住了十多年，觉得北平的商人，是世界上最聪明，最富于弹性，最不会吃亏，最不会跌倒的理性动物！

二十年来的军阀战斗，北平地方此去彼来，此来彼去，商人先生们照例是对来者即欢迎，对去者即欢送，从来没有过些些的表示。

这且不必说，因为军阀究竟还是我们本国人，胡打过了一阵也就算了。

可是，自从五三以后，抵制日货的口号叫了两三年，各商店始终没有摸摸良心，多卖些本国货，少卖些日本货，所以到了今天，十家铺子里九家堆满了日本货，一旦说声要封存，真要他们的命。

于是乎商会也开会了，请求缓封的代表也派出了。

当真，一旦把这些货物封存了，他们的血本一定要大受损失。但你们的是血本，难道南京上海等处的商人的资本就是叫屁本！若然你们的反对封存是聪明，他们的赞成封存就应当是傻子。呜呼，智愚之别，其在斯乎！其在斯乎！

但我对于这一点，不十分坚持，只须你们能向负责任的机关做到可以缓封，我也不再多说。我所要研究的是：

到了今天，你们已经有了切实反对日本的决心没有？

我敢斩钉截铁地说：没有，没有！其证据就在你们所用的“仇货”两个字。

夫所谓仇货云者，诚不胜其滑头之至，对于中国人，可以说“仇国当然是日本，日本以外还有哪一国是咱们的仇国”；对于日本人（假定是日本兵来到了北平了），却又可以说：“我们所说的仇国另有所指，并不是你们贵国大日本。瞧，我们铺子里不满是你们贵国货吗？”真聪明，不知道开会的时候那一位先生绞尽了脑汁才想出来这一个好字眼，谁谓商人不通文墨耶！

不说日本而说仇国，不说日本货而说仇货，这与挖去“打倒日本帝国主义”中“日本”两字而成两个窟窿一样的滑稽，一样的卑劣，一样的无耻。

我索性教会了你们罢！你们可以赶快多开办些日文商业讲习班。目前对于中国人，可以说“我们因为要对付日本，所以不得不加紧学习日本的语言文字”，将来日本兵来到了北平了，却可以用为招待贵客的工具，看见日本人进门，可以不说‘您来啦’而说“空尼溪瓦”，送日本人出门，可以不说‘您走啦’而说“阿里阿笃”，这是何等的方便啊！

朝鲜安南印度三个亡国区域我都到过，境内愚蠢的小商人大都只能说土话，必须是聪明人，能说征服国的语言的，才能开设大商店，聪明的北平商人乎，其亦有见及此乎？

我常以预言家自命。三年前，我作文反对钞票邮票商店招牌等并用中外文字，今年夏季中央政府居然有明令禁止了。半年前我反对营业的跳舞场，今天报纸上，居然登载了内政部咨请各省市府封闭的消息了。现在又说北平商人将来的阿里阿笃化，亦许是一个预言罢。但是，皇天后土，我希望我这一次预言就失败了罢！

（二十年十月二十日，北平）

译《茶花女》剧本序

《茶花女》快要印在了，吓！刚巧碰到了这样的大热天，还要挖空心思想出什么话来凑成一篇序，岂非自讨苦吃？

我以为小仲马是不必介绍的，因为凡是读法国近代文学史的人，无不知有小仲马；《茶花女》一剧是不必介绍的，因为凡是读小仲马的著作的人，无不先读《茶花女》；《茶花女》剧中的命意与思想是不必介绍的，因为所有的话，剧中都已写得明明白白，正不必有什么低能儿去替他乱加一阵子注疏。

虽然小仲马在《茶花女》出世之后约十五年，曾做过一篇两万多字的长文章，把十五年中法国官场以及一般社会对于此剧所取的态度与所用的手段，一一叙述，并一一加以辩难，而我却以为这样的一篇文章，尽可以不必译出。因为他是对着法国人说话的，而我们可是中国人！

法国的社会是很守旧的，不错。凡是到过法国的人，都可以知道法国的一般社会，真是旧得可以。但是旧尽可以旧，却是有活气的，不是麻木不仁的。所以要是一旦有了什么个新说，与原来的旧说不能相容的，社会上就可以立时起一个大波动。

中国的社会却并不如此。说是旧罢，六十岁的老翁也会打扑克。说是新罢，二十岁的青年也会弯腰曲背，也会摇头，也会抖腿，也会一句一“然而”。实际却处处是漠

不关心，“无可无不可”。

因此，严又陵译《天演论》也罢，译《原富》也罢，译《穆勒名学》也

罢，一般青年文学家介绍易卜生也罢，介绍托尔斯泰也罢，介绍罗曼罗兰也罢，在中国看去，都好像是全没有什么。杜威来了么？这只是个美国的老头子罢了。罗素来了么？这只是个英国的小老头子罢了，泰戈尔来了么？这也只是印度的老老头子罢了。到得欢迎的宴会开完了，桌子上的果皮肉骨扔到了垃圾桶里，此等诸老的思想理论，也就全都扔到了垃圾桶里了！

因此，《茶花女》在中国的命运，也就可想而知。或者是当做闲书看看，或者是摘出一张“幕表”来编排编排，归根结底，只是扔入垃圾桶而已。而他们法国人，可竟为了这一出戏，引起了社会上十五年的波动，也就未免太傻了。然而我费了一个多月的工夫把这一出戏译出，意思里可还希望国中能有什么一个两个人，能够欣赏这一出戏的艺术，能够对于剧中人的情事，细细加以思索。国中能有这样的一个两个人没有？要是有，我把这一部书呈献给他。

（十五年七月七日北京）

谨防扒手！！！

我一向也会听见过有什么“抄袭家”也者，在别种刊物上闹得鸡犬不宁，好像是公共场中闹扒手似的，虽然被扒的不是别人，而我们听见了，却不得不连忙摸一摸口袋，免得到了临时大呼哎哟！

不幸现在竟要呼哎哟了！

本刊第五六两号所登逍遥生的《词人纳兰容若》一文，现已有人告发，是向别种刊物中抄来的，而且连证据电已寄到。逍遥生来信中，别有真名，连住址也写得明明白白。但我以为这可以不必宣布，只须知道了我们遭到了扒手就是了。

其实此等扒手先生，既有这样偷天换日的本领，也尽可以到别方面去好好发展;、在我们贵国里，有的是此辈大试身手的地力，而不幸竟只来光顾我们，也就未免可惜了。

此辈是防不胜防的，因为我们所读的当代刊物很少；即使认真读，也决然读不全，正如我们虽然要防扒手，也只能防到相当的程度，决不能把两只手永远摸着口袋，不做别事。为此，我要敬请诸位读者先生好好地帮帮我的忙，务期有案必破，使此辈不敢尝试，是不特区区之幸，抑亦诸翁先生之幸也。

神州国光录

南阳邓文滨所作《醒睡录》(同治七年成书，光绪初申报馆出版)第三卷中有“京华二好二丑”一节。二好是：字好，相公好；二丑是：白日大街遗屎丑，八股时文丑。其遗屎一节云：

何谓遗屎丑？厕屋者，行人应急所也，而都门以市衢为厕屋。狭隘胡同无论矣，外城若正阳门桥头，琉璃厂东西，内城若太学贡院前后街，东西四牌楼，皆百货云集，人物辐辏之区，其地无时不有解溲屈躬者。间有峨冠博带，荆钗布裙，裸体杂处，肉薄相逼，光天化日之中，毫不为怪，早晚间堆积累累，恶气秽形，令人不可向迩。而巡城官吏，无有以全羞恶，肃观瞻，荡秽瑕，免疹疫，经画区处者。故曰白日大街遗屎丑！

不要说外国鬼子了，便是我们南方蛮子到北京来，看见了小胡同里一簇一簇的小屎堆，大街上一摆一摆的大屎车，心中总不免有“观止”之叹。初不料六十年前，还有那么样的洋洋大观。夫六十年直花甲一周耳，以花甲一周之中而国粹沦亡有如此者，此忧时君子之所以仰天椎胸而泣血，而且大放其狗屁也！

明江宁顾起元所作《客座赘语》卷五中，有这样的一节：

晋纳后，六礼之文皆称《皇帝咨》。后家称“粪土臣某顿首稽首再拜”以答。又：宋时刺史二千石，拜诏书除辞阙皈文云："某官粪土臣某甲"。

从这上面，我们知道"臣"与"奴才"之外，还有"粪土臣"这样的一个好称呼，这真是找遍了世界万国的字书找不出来的一个好名词。呜呼！生乎古之世，吾其为粪土臣乎？生乎今之世，吾其免于为粪土臣乎？或曰：你休想！你是什么东西！你既不是国丈，又不是刺史二千石，离粪土臣还有一万年！

同书同卷又有这样的一节：

宋孝武至殷贵妃墓，谓刘德愿曰："卿哭贵妃若悲，当加厚赏。"德愿应声便号恸，抚膺擗踊，涕泗交流。上甚悦，以为豫州刺史。

据说小鬼头采取了中国《金瓶梅》等书上的事实，纂成一书，以见中国民族之卑劣。若然这等事实也给他们采取了去，不知又作何等论调。然而人家说什么，尽可以不问，在我们看去，总是国粹，总是国光，总是精神文明！

（十五年八月二十九日北京）

老实说了吧

老实说了吧，我回国一年半以来，看来看去，真有许多事看不入眼。当然，有许多事是我在外国时早就料到的，例如康有为要复辟，他当然一辈子还在闹复辟；隔壁王老五要随地吐痰，他当然一辈子还在哈而啵；对门李大嫂爱包小脚，当然她令爱小姐的丫子日见其金莲化。

但如此等辈早已不打在我们的账里算，所以不妨说句干脆话，听他们去自生自灭，用不着我们理会。若然他们要加害到我们——譬如康有为的复辟成功了，要叫我们留辫子，“食毛践土”——那自然是老实不客气，对不起！

如此等辈既可以一笔勾销，余下的自然是一般与我们年纪相若的，或比我们年纪更轻的青年了。

我不敢冤枉一般的青年，我的确知道有许多青年是可敬，可爱，而且可以说，他们的前途是异常光明的，他们将来对于社会所建立功绩，一定是值得纪录的。

但我并不敢说凡是中国的青年都是如此，至少至少，也总可以找出一两个例外来。

我所说看不入眼的，就是这种的例外货。

瞧，这就是他们的事业：

功是不肯用的，换句话说，无论何种严重的工作，都是做不来的。旧一些的学问么，那是国渣，应当扔进茅厕；那么新一些的罢，先说外国文，德法文当然没学过，英文呢，似乎识得几句，但要整本的书看下去，可就要他的小命。至于专门的学问，那就不用提，连做敲门砖的外国文都弄不来，还要说到学问的本身么？

事实是如此，而“事业”却不可以不做，于是乎轰轰烈烈的事业，就做了出来了。

文句不妨不通，别字不妨连篇，而发表则不可须臾缓。

有什么了不得的东西可以发表呢？有！——悲哀，苦闷，无聊，沉寂，心弦，蜜吻，A姊，B妹，我的爱，死般的，火热的，热烈地，温温地，……颠而倒之，倒而颠之，写了一篇又一篇，写了一本又一本。

再写一些，

好了

悲哀，苦闷，无聊……又是一大本。

然而终于自己也觉得有些单调了，于是乎骂人。

A是要不得的；B从前还好，现在堕落的不可救药的了；再看C罢，我说到了他就讨厌，他是什么东西！……这样那样，一凑，一凑又是一大本。

叫悲哀最可以博到人家的怜悯，所以身上穿的是狐皮袍，口里咬的是最讲究的外国烟，而笔下悲鸣，却不妨说穷得三天三夜没吃着饭。

骂人最好不在人家学问上骂，因为要骂人家的学问不好，自己先得有学问，自己先得去读书，那是太费事了。最好是说，这人如何腐败，如何开倒车，或者补足一笔，这人的一些学问，简直值不得什么，不必理会。这样，如其人家有文章答辩，那自然是最好；如其人家不采，却又可以说，瞧，不是这人给我骂服了！总而言之，骂要骂有名一点的，骂一个有名的，可以抵骂一百个无名的。因为骂人的本意，只是要使社会知道我比他好，我来教训他，我来带他上好的路上去。所以他若是个有名人，我一骂即跳过了他的头顶。

既然是“为骂人而骂人”，所以也就不妨离开了事实而瞎骂。我要骂A先生的某书是狗屁，实际我竟可以不知道这书是一本还是两本。我要骂B先生住了高大洋房搭臭架子，实际他所住的尽可以是简陋的小屋——这也是他的错，他应当马上搬进高大洋房以实吾言才对。

哎哟，算了吧，我对于此等诸公，只有“呜呼哀哉”四字奉敬。

你们口口声声说努力于这样，努力于那样，实际你们所努力的只是个

“无有”。

你们真要做个有用的青年么？请听我说：

第一，你们应当在诚实上努力，无论道德的观念如何变化，却从没有把说谎当做道德的信条的。请你们想想，你们文章中，自假哭以至瞎跳瞎骂，能有几句不是谎？

第二，你们要做人，须得好好做工，懒惰是你们的致命伤。你要到民间去么，扛上你的锄头；你要革命么，扛上你的枪；你要学问么，关你的门，读你的书；你要做小说家做诗人么，仔细地到社会中去研究研究，用心看看这社会，是不是你们那一派百写不厌的悲哀，苦闷，无聊，……等滥调所能描写得好，发挥得好的。再请你看一看各大小说家大诗人的作品，是不是你们的那一路货！

算啦，再说下去也自徒然，我又何必白费？新年新岁，敬祝诸君好自为之！

（十六年一月十日北京）

为免除误会起见

为免除误会起见，我对于我那篇《老实说了吧》不得不有一番郑重的声明。

我那篇文章是受了一种刺激以后一气呵成的，所以话句上不免有说得过火的地方。但当时自己并不觉得，到登出以后才懊悔起来。所以懊悔者，恐怕人家没有看见文章的内容，而只把眼睛注射在我的情感上，结果是引不起人家的共鸣，而反要惹起人家的反抗。

而不幸事实竟是如此。

因此我不得不郑重声明那篇文章中语调之过火，而且表示歉意。

但对于文章的内容，我也应当用另一种形式的话句，重新写出。

我的意见只是如此：

一，书是总要读的。若说“国渣”应当扔进茅厕，便是研究“洋粹”也应当先懂得洋文。

二，书是要整本整本读的，若是东捞西摸，不求甚解，只要尝些油汤，那是不能有好结果的。

三，要做文艺创作家，应当下切实的工夫，绝不是堆砌些词头就完事的。

四，记载或描写事物，态度应当诚实。

五，评论或骂人，应当根据事实。

我所要说的话只是这几句。

我所希望于今之青年者，乃是要有一个“康健的心”，不是要有一个“病态的心”。

以有“病态的心”的人而能做成伟大的作家的，世界上也有过不少，例如美国的阿伦波，英国的勃雷克，法国的布特莱尔等等。但这只能算例外，并不能说凡是伟大的作家，都该有一颗病态的心；而且心的病态，是要出于自然的，不是可以强学的，强学了就是“东施效颦”。例如英国的王尔德，以他那种文采与才华，若是向文学的正途上走去，其成功必异常伟大，不幸他专门装腔作势的做了些“假神秘”的作品，所以到底只成了个二等的作家。这是文学史上的情实，并不是我凭空假造的。

我把我的正意简单说明了。乐意批评我的，就请在这些话上研究。要是能有理由将我所说各条驳翻，我就马上服从。要是没有理由驳我而只是蛮反对，我也并不坚持着要把我的见解做到大统一的地步。我们对于社会，只是在能于贡献些什么的时候，便贡献些什么。至于社会愿不愿承受，乃是社会自有的特权，我们无从勉强的。

那篇《老实说了吧》发表以后，已经有了两篇反响的文章，可惜都没有批评内容，只是反对我个人。但即就反对我个人而论，也犯了骂人不根据事实的毛病。说我回国之后除译过几首民歌而外就没有做什么，这是事实么？说我七八年以前的名字是“伴”侬，这是事实么？说我七八年以前是模仿林黛玉贾宝玉的文妖，——幸而还只是七八年，原书尚可找到，请查到了我模仿林贾的文字再说（若说我的文字曾与文妖们的同登在一种杂志或报章上，就应当以文妖论，自然我也无话可说）。至于篇中无端的用起“醒狮”等字样来，似乎要把我同曾琦拉在一起，实在太客气了，何不竟就我说要复辟呢？此等文字，似乎我可以不必答辩吧。

（十六年一月十二日，北京）

以上两篇文章发表之后，参加讨论这问题的有好几十人，所作文字，有一部分是寄给我的，由我登入我所编的《世界日报副刊》（赞成反对的都有），另一部分以痛骂我个人为目的，则由某君主编，登入当时某政客所办的《每日评论》；后一篇文章，便是这个问题的总结束。

（二十一年八月二十二日，附记）

质问法使馆参赞韩德威先生

（事实经过）中法一九学术考查团，自法方违约殴人，周宝韩、郝景盛二团员返平报告后，全国上下，均为愤慨。主办该团之古物保管委员会，（系受中国学术团体协会委托）日前紧急会议，议决对法方违约殴人事件，加以查办，在查办期间，东西两队，一律停止进行与工作；卜安队长之职先行停止；并电褚民谊团长，令其速行来电详报一切，俾便作第二步之处理。昨日新省驻平代表闻亦有详电，向新省府报告，请其暂行严禁该团车队入境，并对华团员予以充分保护，及旅行上之协助。又昨日报载法使馆汉文参赞韩德威谈话，谓“法使馆对此亦甚注意。自见报载后，已设法致电该团询问真相，迄今尚未接得复电，真相如何，尚未明悉。且中国团长褚民谊对此亦无表示，其情节是否如报纸所载，须调查后方能断定。依理测之，以言语不相通之两国人士，作此长途旅行，因言语发生误会，自所难免。如所传为真实情形，使馆方面亦决不愿有所偏袒。至所谓卜安为军人一节，因法国人民均须当兵，与中国情形稍异；实则均系学者，此点或不无误会”云云。古物保管委员会委员刘复，昨特致函韩氏，质问卜安究系何种学者，足见空洞矫饰之辩解，殊不足以影响事实之真相也。

录《世界日报》

韩德威先生台鉴：阅报端所载先生谈话，有“至所谓卜安为军人，即因法国人民均须当兵，与中国情形稍异；实则均系学者，此点或不无误会”云云，鄙人深信以先生所处地位，又为西方崇拜耶教之人，决不至犯十诫之一而说谎，谨提出疑问两点：（一）卜安既非军人，何以十八年夏季来平接洽时，在中法大学正式宴会席上穿军礼服，而其余法人，均穿普通夜礼服；（二）卜安既“均系学者”，究竟所专习者是何种科学，曾在何处大学或专门学校毕业，得有何种学位或文凭，曾在何处学校任教授，或在何处学术机关服务，有何著作，在何处出版，曾被何种有名学会邀为会员。以上两点，敬希明确答复，仍在报端发表，勿使大众怀疑贵国对于“学者”二字之解释，“与中国情形稍异”，因而“或不无误会”也。敬颂台安。

二十年六月二十二日，北平

五年以来

昨天晚上舍我来了个电话，说《世界日报副刊》将于九月一日继续出版，要我做篇文章捧捧场。我想，这大概是因为五年以前，我做过半年的《世副》编辑罢。在这个意义之下，要我做篇文章，我是义不容辞的，虽然“此调不弹已久”，要做也做不出什么东西来。

五年的时间是很短的，眼睛一转就过去了。但若仔细一回想，这五年之中也就有了不少的变化。所以我现在就把五年以来北平社会上的变化，大致写出一些来，聊以塞责。

那时的新闻记者，确不是容易做的：动不动就要请你上军警联合办事处去吃官司，丢失脑袋的恐慌，随时可以有得。记得我办了《世副》一个多月，舍我就在极严重的情形之下被长脚将军捕去了。我因为恐怕遭到池鱼之殃，也偷偷摸摸的离了家到某校的“高能榻”上去睡了几宵，直到舍我营救出来了，才敢露面。现在的情形已大不相同，军警当局时常招待新闻记者，饷之以茶点，甚至于饷之以饭；这回因为讨伐石友三而戒严，所有检查新闻事务，由官方与新闻记者会同办理，这种的幸福，是五年以前的新闻记者梦也不会做到的（日本人办的《顺天时报》的记者自然又当别论）。

那时国立九校还没有合并，北平有九个国立大学校校长。私立大学也比现在多到一倍。却因国立大学的经费积欠至数年之多，私立大学本无固定经费，以致北平的大学教育，整个儿的陷于“不景气”的状态之中：讲堂老是空着，即使有教员上课，听讲者也不过“二三子”而已；牌示处的教员请假条，却没一天不挤得水泄不通。现在的北平各大学虽然远没有整顿到理想的境界，比到从前，已经大不相同了。

那时没有女招待，没有“吃三毛，给一块”的可能。也没有跳舞场，跳舞这文明艺术，还被头等文明的西洋老爷，太太，小姐们关紧在他们的艺术之宫象牙之塔里；我们次文明的中国人，只能在门外打打转，偷眼向里望去，和现在每晚上各跳舞场玻璃窗外围挤着的车夫苦力们一样。啊，多苦闷，多干燥的生活啊！

那时有一位备受崇拜与欢迎的大人物就是哲学博士张兢生先生，现在不知道那里去了。

那时还没有“摩登”这名词，虽然男女交际之风已渐开，却不像现在每一个摩登女子身旁必追随着一个摩登男子，每一个摩登男子手臂上必吊着一个摩登女子。“花王”这名词，似乎在那时已经有了，但说出来似乎没有现在响亮而尊严，受这称号的也不觉的有何等光荣之处，甚而至于有登报声明否认的。就现在的眼光看来，这种人真太不识抬举了。

那时没有登报征求伴侣的。登报声明离婚的已有了些，可没有现在热闹。

那时画报上还时常登载名妓的照片。现在“妓”之一字，已因不合人道而落伍，所以名妓也者也自归于劣败之一途，不再出头露面了。

那时“普罗”文学一个名词，在北平还不大知道，所以我们这班不长进的弄笔头的人，至多只是落伍而已；现在呢，没落了，整个儿的没落了。

那时向《世副》投稿的，大多数是学生，只偶然有一两个是已经脱离了学生生活而在社会上做事的。所投稿件，以小说杂记为最多，论说诗词较少。稿子的内容，以关于性的苦闷及经济的压迫者为最多，但我并没有尽量选登，因为只是那几句话，翻来覆去地说，还是那几句话。投稿者的目的，虽然在于发表，却也并不是不在乎区区千字一元或不到一元的稿费。所以做编辑的人，往往在这稿费问题上也不免受到困难；甚至有一位朋友，因为要想预支稿费而我的能力没有办得到，他就找个题目在别种报纸上做文章骂我，而且把我直恨到现在。现在的情形是不是还同从前一样，我不知道。

我做了半年的《世副》编辑，觉得那时的青年，有一部分走错了路头，所以就发表了三篇“老实说了罢”这篇文章的内容，岂明曾为简单写出，只包括以下五项意见：

一，要读书。

二，书要整本的读。

三，做文艺要下切实功夫。

四，态度要诚实。

五，批评要根据事实。

这不是平常而又平常的么？然而不得了，马上就有许多青年联合了向我总攻击，借着当时阎老西儿所办的《每日评论》，把我刘半农骂到该杀该剐的地步。当然也有许多人是赞同我的，但我觉得在这种情形之下，已大可以自认失败，大可以休息休息了，所以不久，就投笔下野了。现在青年界的情形是怎么样呢，我不知道。

二十年八月三十一日，北平

“女性”代“女人”根本不通

——给世界日报妇女界记者的一封信——秉英先生：近来报纸中常常有这一类的句子：

“我是一个不幸的女性”。

“那边早有三五个女性坐着谈天”。

这个性字是翻译西文的 Sex 一字，并不是中国原有的“天命之谓性”。就西文 Sex 一字的原义说，乃是指男女间或其他物类的牝牡间的区异之所在，是个抽象名词，绝不是个具体名词，绝不能以“女性”代“女人”。“男性”代“男人”，正如“一张白纸”，不能称为“一张白色”，在西文中也绝不能称“一个女人”为“A woman sex”，或“A female sex”。

以“女性”代“女人”的用法，大约至多还只有一二年的历史，我不知道这用法还是中国人自己发明的，还是从东方小鬼国里传来的，然而总是根本不通。我希望你提倡提倡，把这不通的用法逐出于中国文字语言之外。若以为说“女性”乃是“摩登”，说“女人”乃是腐败，或借不同的名词以暗示品类，如称时髦女人为“女性”，称老妈子为“女人”，那就恕我多管闲事。匆匆，即请纂安。

二十一年七月三十一日

因《茶花女》之公演而说几句

前几天余上沅先生来向我说，《茶花女》一剧已由北平小戏院排演完好，不久就可以公演。这当然是给我一个很可喜的消息。但同时余先生要我以原译者的资格做篇文章，却不免叫我感觉到相当的困难。近几年来，我因为个人兴趣的转移，文艺之事久已不谈，谈起来也往往别扭，叫我说些什么话好呢。然而余先生要我说，又不好意思不说，只得离开了文艺，瞎说些不相干的话，作为交卷。

《茶花女》译本出版到现在，已经过了六年零三个月的时光了。在这六年零三个月之中，打算排演这一本戏的，有过好多起人。最早的一起是赵元任兄和清华的几位同学，可是只大致谈了一谈，并没有具体进行。其次是某剧社同人，他们派代表来和我接洽，要我帮忙，我答应了，他们就要求我代向北新书局赊欠二十本《茶花女》以为排演之用；但结果剧并没有排成，剧社及剧社同人也不知道哪里去了，只由我代付了二十本书价了事。其次是又一某剧社，他们写信给我说要排演此剧，请我同意，并担任指导。我回信说：“指导不敢当，而且也没有这样的本领和工夫；倘能请余上沅熊佛西两先生担任导演，我就很放心，可以完全同意；到公演时，请送我二十张剧票，我就很感谢了。”这信去后，第二天就接到一封回信，大意是：“你有指导青年的责任，不该躲懒；你愿意对着余上沅熊佛西拜倒，我们却不愿意；你说你要二十张剧票，大约你的译本，只值得二十张剧票罢了。”这还有什么话可说呢？只得拉倒，吹台！去年夏季，有位朋友从南方来，说南京党部已把这一出剧排演过了，而且规模很大，很花了些钱。我问成绩怎么样，他说不见得很好。但后来问起另一个朋友，却是说很好。无论很好也罢，不见得很好也罢，总而言之，事前并没有得到我的同意，直到现在，我还不知道主角是谁是某，导演的是张三，是李四。大约党部诸公肯屈尊采用我的译本，已算很看得起我，自然没有征求我的同意的必要，我也自然无话可说。今年，有一个明日剧社说要排演此剧，并请余上沅先生担任导演，我问了问余先生，说是真的，就毫不犹豫地同意了。最近余先生来向我说，此剧前由明日社排演，他不过处于顾问的地位，现在改归小剧院排演，他做了负责任的导演者了。这话我听了自然更高兴，但同时也许可以说是证实了人家骂我的一句话：我愿意对着余上沅拜倒。不过，我们对于在某一事物上有信用的人加以信用，未必就是拜倒罢。到月盛斋买斤酱羊肉吃，未必就是拜倒月盛斋，所以请余上沅排一出剧，也未必就是拜倒余上沅；若然连买酱羊肉也要找余上沅，那就是拜倒了。

《茶花女》译本出版之后，辱承社会的厚爱，销路还不算坏。可是，社会上并不因此而生什么反应，起什么波动，和当年法文原本出版时法国社会上的情形完全不一样。这一点，我在六年之前就早已料到，因为简括说来，一部《茶花女》只是这样几句话：

某生悦一妓，欲取为妻，其父恐辱门第，不之许，因自往妓所，晓以大义，使自绝生。妓诺，遂向生伪言不复相爱。生怒，与妓绝。妓抑郁死。若然把这样一小段文字放在一本旧式笔记小说里，看的人还不是眼睛一滑就滑过去了？小仲马把这段情节演成了一本剧，看的人的眼睛虽然快，事实上也决不能一滑就了事，亦许要滑上几滑，而在这滑上几滑的当儿，亦许心情上不免有相当的感动与紧张，但到全书看完了回头一想，也不过是“一个妓女受了委屈死了”这一件事，有什么了不得。我常说，中国人虽然有“死生大事”这一句话，但必须到了自己身上才是大事，在别人身上总是小事。在欧洲街市上，假使有一个人因害了羊癫疯而跌倒，或者是因骑车不慎而跌伤，旁人看见了，必连忙赶上去热心救护，街上的岗警，当然就是这临时救护队中的法定负责者。这种事发生在中国，情形就完全不一样：巡警老爷自然不得不来，可是来了也不过挡挡闲人而已，心中既不觉得有什么着急，就听任病者或伤者躺在地上三点钟，以致失去可救的机会，也算不了一回事；而闲人也者，乃大凑其热闹，指手画脚，有说有笑，或者还要说一两句刻薄话，挖苦话。因为痛苦不在自己身上，所以负责任的人可以漠不关心，不负责任的人可以从中取乐。这一点，亦许有人看作很小的小事，我却认为无限大的大事。古语说："观人于微"；我要模仿着说一句：观民族于微。中国民族之不长进，这也是种种原因中之一种，而且是极重要的一种。我们在电影中看见非洲原人的生活：他们捉到了异种人（并不必是敌人），就拿来用酷刑杀死，或交给野兽啮死，在被害者痛苦呼号的时候，就是他们欢歌快乐的时候。必须到他们自己被别人拿到了将要害死的时候，他们才知道痛苦之为痛苦，于是乎不欢歌不快乐了，要呼号了。当然，我不是说中国人的脑筋，现在还同这班原人一样简单，但就事实来证明，多少总还遗留着一些影子。例如天桥要枪毙人了，看的人总有一大堆；又如大街上有人家出丧，不但旁观的人不表示一些哀感。就是在棺材前面走着的送丧亲友，也不免有嘻嘻哈哈谈闲天的；又如坐洋车的女人翻了车，第二天小报上登出新闻来，题目是"元宝大翻身"，……诸如此类，似乎不必多举。我从前以为北平人常说"人心总是肉做的"一句话很有道理，现在却不免有些怀疑。不信试看上海之役，闸北正打得炮火连天，租界上还在花天酒地，每晚叫局的条子还是雪花般的飞着，妓女们的漂亮包车还是流星般的在马路上射着；即如现在，关外义勇军正在冰天雪地中挨饥忍冷的拼命，而北平各宝号的诸位仁翁先生，还在大进大卖其日本货；其中吃到炸弹的算倒了些小霉，没吃到的还在窃窃自喜。这叫做：

痛苦不临头，
世间无痛苦，

所谓"人心总是肉做的"者，妄也。知乎此，则《茶花女》一剧，仅仅是一个妓女受了些委屈死了，有什么了不得呢？

但我并不是个悲观者，我相信（至少也是希望）这冷酷无情的空气弥漫在中国民族中间，只是一时的现象，决然不是永久的。我就这样相信着，希望着。

二十一年十一月六日，北平

甘苦之言

昨天是《茶花女》公演的第三天，马彦祥兄特从天津赶回观看，且向我说，拟于下星期三《益世报》中出一《茶花女特刊》，要我做篇文章，把观剧以后的意见说一说。我看此剧前后有三次，就是化装试演的一次，和公演的第一第三两次。看了三次之后，自然有许多话可以说，但我现在实在没有写零碎文章的工夫，而且还处于不大容易说话的地位；要是故意说演得不好罢，良心不答应我，我自己又不是演员，用不着说客气话；要是说演得怎样怎样好罢，又不免犯“戏台里喝彩”的嫌疑，虽然我只是“坐观厥成”，这一个多月来排演上的努力，都应当“涓滴归公”的算在余上沅先生和各演员的账上。

我现在只说一句极简单的话，就是：这是一本极难演的戏，甚而至于可以说，是一本不容易尝试的戏。这一句话，稍有戏剧知识者都能说，但我觉得亦许我可以说得比别人更真切些。悲剧比喜剧难演，这是当然的；但假使悲剧中有长篇的说白，其作用不但要表示剧情的经过，而且要表示思想冲突和社会背景的矛盾，那就难之又难。因为普通简单的说白，只须每一句或每一节给予一个相当的表情就够，这种的说白，却必须逐字研究，甚而至于一字分作几截研究，使每一字或每一截都得到相当的表情，分起来看是如此，合起来又须一气呵成，不失为一个完整的篇段；这必须是具有天才，极富情感，能于将自己的灵魂和剧中人的灵魂打成一起的人才能做得到。我所以敢说这句话，是从译剧的经验推演出来的。我这译本是一个多月的工夫写成的，但写得快的时候一点钟可以写一千多字，写得慢的时候，可以一点钟写不满

一句。其所以写得慢，并不在原文之难懂，而在斟酌于译文的字句轻重，语调缓促之间，使剧中人的呼吸灵感，能于正确表出。我把我在译事上所领略到的这一份甘苦，推想到演员在表演上所领略到的这一份甘苦，我敢说，他们的难处，一定比我的更大，因为我碰到了难处，可以搁上一点钟笔不动，他们却没有从容思索的余地，连一秒钟的工夫都不能错过的。

这一次公演的演员们能做了这一点没有呢？我敢说，做到了。不信试观昨天晚上演到第三四五幕紧张处，观众中有许多男人都在那里叹息顿脚，有许多女人都哭了，甚而至于有一两位放声哭起来了。马格哩脱向杜法尔说：

先生，你可怜我，我相信你自己也哭了。多谢你的眼泪；你这眼泪给我不少的勇气，像你所要求的那么多。

这回的演员们能得到观众们的眼泪，观众们也给了他们不少的勇气了。但是，在许多人哭的时候，也有许多人在笑着，这叫我如何解释呢？我说，我可以不必再有第二次的解释了，我在两星期前所做的一篇《因＜茶花女＞之公演而说几句》里已说过，北平人所说的“人心总是肉做的”，实在靠不住。所谓“生公说法，顽石头点”，本来只是一句神话罢了。

二十一年十一月二十日，北平

双凤凰砖斋小品文（选四）

（一）题双凤凰砖

昔苦雨老人得一凤凰砖，甚自喜，即以名其斋。今余所得砖乃有双凤凰。半农他事或不如岂明，此则倍之矣。

（九）记韩世昌

韩世昌，伶人也。尝从武进赵子敬习昆曲。子敬老病死京师，世昌出五六千金为料理后事。此在梅兰芳等当如九牛之拔一毛，于世昌则为难能。世昌演剧，尝见赏于新闻记者邵飘萍。及飘萍为张宗昌所害，故旧莫敢往收尸，独世昌毅然往。呜呼，世昌伶人也，人徒知世昌之为伶人也。

（二十二）无题

余与玄同相识于民国六年，缔交至今仅十七年耳，而每相见必打闹，每打电话必打闹，每写信必打闹，甚至作为文章亦打闹，虽总角时同窗共砚之友，无此顽皮也。友交至此，信是人生一乐。玄同昔常至余家，近乃不常至。所以然者，其初由于余家畜一狗，玄同怕狗，故望而却走耳。今狗已不畜，而玄同仍不来，狗之余威，固足吓玄同于五里之外也。

（二十四）记砚石之称

余与知堂老人每以砚兄相称，不知者或以为儿时同窗友也。其实余二人相识，余已二十七，岂明已三十三。时余穿鱼皮鞋，犹存上海少年滑头气；岂明则蓄浓髯，戴大绒帽，披马夫式大衣，俨然一俄国英雄也。越十年，红胡入关主政，北新封，《语丝》停，李丹忱捕，余与岂明同避菜厂胡同一友人家。小厢三楹；中为膳食所；左为寝室，席地而卧；右为书室，室仅一桌，桌仅一砚。寝，食，相对枯坐而外，低头共砚写文而已，砚石之称自此始。居停主人不许多友来看视，能来者余妻岂明妻而外，仅有徐耀辰兄传递外间消息，日或三四至也。时为民国十六年，以十月二十四日去，越一星期归，今日思之，亦如梦中矣。

南无阿弥陀佛戴传贤
——启请：
赫赫院长，婆卢羯帝！
胡说乱道，上天下地！
疯头疯脑，不可一世！
那顾旁人，皱眉叹气！
南无古老世尊戴传贤菩萨！
南无不惭世尊戴传贤菩萨！
南无宝贝世尊戴传贤菩萨！

凡是在民国初年读过《民权报》的人，几乎没有一个不对当时的戴天仇先生表示相当的敬意，因为他是武松般勇猛的革命记者，虽然他的文章，用现在的眼光看去，理论也有错误的地方，文笔也有冗长无当的地方，然就全体而论，总比当时流行的徐枕亚的《玉梨魂》小说差胜一筹。

不料时间只过了短短的二十年，当时的戴天仇先生竟摇身一变而为今日的戴传贤戴院长，这真是出于我们“意料之外”了。

大约因为戴先生是个革命元勋罢，所以国民政府把一个考试院院长位置给了他。我是没有受到过党义教育的人，所以不知道考试院重要到什么地步；然既列为五大院之一，并不比什么时生时灭、巧立名目的委员会，则其重要性也就可想而知。然而我们的戴院长，自从就任以至今日，究竟做了什么事业没有呢？南无阿弥陀佛，天晓得！

把鸡鸣山下的一座关帝庙，改做了一座“考试庙”。

庙门口站岗的武装同志，身上穿的是二十世纪的军服，佩的却是同孔夫子一样古老的宝剑，这就值得叫你捧着肚子暗笑。

一个庙门倒有三个号房，来了一个客人，三个号房便把你像皮球般的往来互踢，直踢到你头昏眼黑，你才知道庙中的某一位先生，应归某一位号房先生带领进见。

走进庙门一看，满眼都是蓝色的，木制的门匾和楹联，上面刻着斗大的或碗大的白色的字。当然，字就是我们的戴院长的法书；句子呢，也就是我们的戴院长的法句。总而言之，统而言之，这就是戴院长的一套法宝。

院长办公室旁，设有精致佛堂一座。院长偶然到院，或苦清闲，无公可办，即入佛堂礼佛。

院长曾在庙中招待中外和尚，而令所属职员以鞠躬礼谒见诸和尚，诸和尚合十答礼。

也曾在院长的主持之下举办过几次考试，然而考试的结果，究竟对于中华民国有什么福利没有呢？南无阿弥陀佛，天晓得！至多也只有我们的戴院长自己晓得！

戴院长的德政，或者说，戴院长的功业，大约不过如此罢。要是还有什么遗漏的，那是我见闻有限，调查不周，是我该打！

戴先生在他的考试院的职务以外，还做了些什么呢，我们不是他的“随从秘书”，当然不能清楚。但就前前后后各报所记载的归纳起来说，只是东跑西跑，说这说那而已。戴先生的跑，是否有裨国计民生，我们无从知道，至少是我这麻木不仁的人没有能感觉到；这问题且留给我们的老前辈章太炎先生在编纂国史时去解决，现在以不谈为是。戴先生的演说，是他自己觉得很有劲儿的一件事。要是有人请他演说，他可以一说就说上两点钟；就是没有人请他演说，他也可以对着一二个朋友正襟危坐地说上两点钟。然而，究竟说得对不对呢？这又是一言难尽。单举最重要的一件事说：不说戴先生自命为“日本”通的么？不是他做过一部《日本论》的么？当五年前此书出版之时，也曾引起了国内读者的相当的注意；虽然也有许多专门研究日本事务的人把这部书批评得一钱不值，我却还替他愤愤不平：我以为季陶何至于如此，亦许是同行相妒罢。然而，到了九一八以后，以戴先生所处的地位，以戴先生自命为日本通的一块招牌，总该有一篇两篇惊天动地的文字发表才是：若应降，便畅畅快快的主降，若应战，便畅畅快快的主战。这种主张若不为政府所容纳，戴先生便该挂冠而去，以国民资格与政府作文字上及事理上之抗争，甚至为党部开除党籍，为政府下令通缉，亦在所不惜，这才无负于他那一块日本通的招牌，这才无负于他当年武松般的勇气。然而可惜，我们的戴院长竟不肯这样做：他只是浮萍般的，在“长期抵抗”亦即永不抵抗的波浪上飘；岂特飘而已矣，他还进一层，追随着一般愚夫愚妇而自为领袖，希望借着佛力挽回华北的劫运。前年北平举行时轮金刚法会，我在会场中看见他送给班禅的一把伞，自称为“弟子戴传贤”；我呆呆地看了这五个字，真是将信将疑，如白天见鬼！嗟夫！吾辈老百姓之渴望于大人先生者，欲其救苦救难也。而戴院长救苦救难之方术不过如此，是直吾家老妈子之流亚耳！

最近，戴院长又奉了中央的命令，坐了飞机到西北去视察了一回。我真有些不明白，为什么在六七年以前，我们几个书呆子声嘶力竭闹着西北的重要，政府诸公竟是充耳不闻；到东北四省丢失之后，西北二字竟变了和南京的板鸭一样时髦，谁都要想见识见识、谁都要想尝尝滋味。大约是因为狐皮袍子被小贼偷去了不得不找件破棉袍御寒罢。呜呼，此所谓失之东隅，收之桑榆！谁谓政府诸公无远见耶？于是乎我们的戴院长坐了飞机挤热闹去矣。

他到了西安，就于四月十一日发出一条反对发掘古墓的电报（见四月十三日本报）。这电报自始至终全是对着考古家的发掘古墓说话，对于人民私掘古墓，不过引来做个陪衬。电衔中首列“上海中央研究院蔡院长”，其次才是汪院长，王教长，蒋委员长；这是他对于蔡先生的挑战，说得质直些，就是上海人所说的“骂山门”。他以为已往的考古发掘工作，是蔡先生所领导的中央研究院做的，所以他就一把拉住了蔡先生说话，其意若曰：你这蔡老头儿岂有此理！我这戴小头儿可不答应！你是元老，我也是元老；你是院长，“我也是院长。来！咱们俩演个交手罢。”蔡老先生虽老，却于此等处不肯示弱；他看你气势汹汹的来，只是拿出他的老工架，不慌不忙地把你教训一顿。结果呢，生公说法，虽未必能令顽石点头，而行政院的议决案，还是依了蔡先生，没有依戴先生（见四月二十五日本报）。可怜啊！我们的戴先生其将“痛心疾首，呼吁无声，哭泣无泪”而终古乎？

且夫考古发掘工作，不自今日始，报章所载，专书所刊，亦既连篇而累牍。戴先生并非昏聩，岂有全不知晓之理，而其电报不发于前，不发于后，不发于平时燕居之余，而发于此番长途劳顿之次，此中原由，亦大可研究。有人说：这一定是戴先生和徐先生抬杠的结果。徐先生者我们的老朋友徐旭生先生是也，现方在西安作考古工作。

亦许戴先生驾到，杨虎城设席洗尘，而请徐先生作陪。酒过三巡，徐先生大谈考古，戴先生触动佛心，不免查照平时惯例，正襟危坐的把他那一肚皮妙论大演而特说，徐先生听得不耐烦，也说出他那一股子傻劲，摇头扭颈的和他大抗而特辩，结果是戴先生恼了。好！上海人说得好：“拨点颜色傍看看！”于是乎“呼吁无声哭泣无泪”的电报就发出了。这种的揣想，我以为决然合于事实，因为，假使真有这样的一件事，戴先生发电的起因既不光明，所取的手段亦未免卑劣，戴先生之“贤”，其尚足“传”乎？

戴先生反对考古家的发掘，蔡先生及国内各报纸已加纠正，现在可以不必再谈。我所要请教戴先生的，只有两点：第一点是戴先生原电中所说的掘墓，只举了“人民之私掘小小无名坟墓”和学术界的“公然掘墓”两种，而对于军阀们的公然发掘大大有名坟墓竟假装不知。冯玉祥在河南，曾设了税局提倡古玩商人刨坟取物；孙殿英曾发掘东陵；最近三五年中北平附近一带的名坟，已为托庇于某人的奸商们发掘将尽，（此某人者，言人人殊，尚未考定，姑不举名。）这都是彰彰在人耳目的事，戴先生不但在当时没有敢说什么话，便在这回的电报中，也竟没有敢附带一笔，戴先生敢向拿笔杆儿的人作难，斯诚勇矣；其不敢得罪有枪同志，殆亦古君子明哲保身之道欤！

第二点：戴先生原电中说：“古代于发掘禁墓者，处以凌迟。现今各省亦有以此刑处之者。”古代有无以凌迟处盗墓的事实，兹且不考，至于“现今各省”，却要请戴先生说个明白：究竟是那几省，那几年，那几件案子？因为这一点关系很重要，以堂堂考试院院长的地位，决不应信口胡说。我们大家都知道，中国因为要撤销领事裁判权，近十数年中正努力于司法的改良，普通执行死刑，都是枪决：绞斩且不常见，何况凌迟？而戴先生居然于公电之中传布这种骇人听闻的消息！要是被外国人翻译过去了，从而拈住了这一点，说我们中国的司法，还同欧洲中古时代一样黑暗，这责任戴先生担负得了么？戴先生以一品大员的身份，而如此不顾事实，胡说乱道，要是在外国，早引起了议院中的严重的责问了；而在我们贵国，竟不闻中央党部或其他机关因戴先生之"出言失慎"而加以纠正或提出弹劾，这也是咄咄怪事。

现在我们的戴先生已从西北回来了。看中央社四月三十日下午四时所发出的电报，知道那天早晨，国府举行纪念周，戴先生出席报告视察西北的感想，其结语为"本人此次旅行为生平第一次之满足，感到无限欢快，且具无穷希望，……"好极了！戴先生自己也满足了，一向大家以为没有办法的西北，也可以有了无穷的希望了。我们老百姓除感谢戴先生之外。还有什么话说呢？可是，凡是到陕西去旅行的，没一人不知道陕西人之所"痛心疾首，呼吁无声，哭泣无泪"者，是全省没一处不种而且是不得不种，不得不吸的鸦片烟，而戴先生报告之中，竟完全没有提到。说是他没有知道这种情形罢，那是糊涂。说是他知道了而不肯说罢，那是蒙蔽。糊涂与蒙蔽，二者必居其一，其为渎视察之职则均，愿戴先生有以自解。

戴先生知道古人的坟墓应当"共敬共爱"，而不知道活人的生命精神应当共敬共爱！戴先生知道禁止挖坟可以"正民心，平民怒"，而不知道禁种鸦片也可以正民心，平民怨。呜呼！

将令全国百姓心
不愿为人愿为鬼

戴先生"培国本，厚国力"之功，伟矣盛矣，至矣尽矣，蔑以加矣！

戴先生征鞍甫卸，又匆匆地到杭州去主持时轮金刚法会了。孙中山先生致力革命四十年，目的只是要教一大堆俯伏在皇帝脚下的奴隶，站直起来做人。戴先生到了已可站直的时候，却因站得腿酸，仍要跪到班禅脚下去做矮子，这原是戴先生个人的癖好，说得好听些是信仰自由，我们尽可以不理会。

但如戴先生要利用他的地位，使他个人的癖好发扬滋长而遍及于全体民众，那是我们有脑筋的人决不能容忍的。

戴先生的“考试庙”不就在鸡鸣山下么。鸡鸣山上，台城之遗迹犹存。佛果有灵，梁武帝何为饿死?

咗!
我今为汝说妙法:
冷水一盆浇汝头!

二十三年五月六日，北平

“好好先生”论

当任可澄将要上台做教育总长的时候，一天，我同适之在某处吃饭。我因任可澄这三个字好像有些不见经传——其实是我读的经传太少——就问适之：你看这人怎样？不要上了台也同老虎一样胡闹吗？适之说：“不会不会！他决不会！他是个好好先生。”

后来，好像又在什么报上看见记任可澄的事，说你做省长多年，调动的知事只有两三个。

其实调动知事的多少，我是绝对不要注意的。不过，拿这件事来做参考，似乎适之所说的好好先生一句话，总还有点可靠。

好好先生也并不是什么一个大不了的考语；换句话说，只是个“全无建白的庸人”；译作白话，乃是“糊里糊涂的大饭桶。”

但是，在这个年头儿，白米饭吃不饱，窝窝头也就可以将就；鸦片烟吃不着，吞上皮也就可以过瘾。所以，苟其任可澄真是好好先生，可就算啦！

于是我就睁着眼睛来看这位好好先生：

他第一个下马威，便是用武力接收女师大。

第二件事，便是他上台之后没有筹到一个蹦子，却要分润别人所筹到的钱。

再次一件大事，便是活活地烧死了两个女生。

再次一件事便是不能为中小学筹钱，反从中捣乱，闹出京保两派的大风潮。

抹去零的不说，单说这四件事，也就够了罢。

或曰：任可澄屡次说过“以人格为担保”这一句话，他的人格既已做了担保品不放在自己家里，也就难于怪他。

如此说，他可真是个公而忘私的好好先生呢！

（十五年十二月五日，北京）

通俗小说之积极教训与消极教训

要讨论这一个题目，就应当先把这题目认得清楚，辨别得明白。题中的“通俗小说”，就是英文中的“Popular Story”，英文“Popular”一字，向来译作“普通”，或译作“通俗”，都不确当。因为他的原义是——

1. Suitable to common people; essy to be comprended.

2. Acceptable or pleasing to people in general.

若要译得十分妥当，非译作“合乎普通人民的，容易理会的，为普通人民所喜悦所承受的”，不可：如此累赘麻烦，当然不能适用。现在借用“通俗”二字，是取其现成省事；他的界说，仍当用“popular”一字的界说；绝不可误会其意，把“通俗小说”看作与“文言小说”对待之“白话小说”;——“通俗小说”当用白话撰述，是另一问题。

“通俗”二字既认明白了，就可知本文所讨论的，是上中下三等社会共有的小说，并不是哲学家科学家交换思想意志的小说，更不是文人学士发牢骚卖本领的小说。若要在中国旧小说中举几个例出来：则《今古奇观》,《七侠五义》,《三国演义》等，都是通俗小说；《燕山外史》,《花月痕》,《聊斋志异》等，都是“发牢骚卖本领”的小说——此等小说，实在并无本领可卖，不过作小说者，有卖本领之心理而已，——若问“交换思想意志”的小说，中国有了几种，我却回答不出！勉强说几种拉拉场面，也不过《水浒》,《红楼》,《西游》诸书：然此是题外事，不必说他。

题中“教训”二字，是说此项小说出版后，对于世道人心的影响如何。所谓“积极教训”，便是纪述善事，描摹善人，使世人生羡慕心，慕仿心；“消极教训”，便是纪述恶事，描摹恶人，使世人生痛恨心，革除心。这两种教训，各有各的好处：第一种是合乎“见贤思齐”，“当仁不让”的道理；第二种也合乎“有则改之，无则加勉”的道理；粗粗一看，决难判别孰好孰坏。然就个人观察所及，则以为——

1. 作通俗小说，与其用消极的教训，不如用积极的教训；

2. 如其不能，则与其谩骂，不如婉讽；与其从正面直写其恶，不如从侧面曲绘其愚；

3. 否则混善恶而一之，用诙谐之笔，以促阅者自己之辨别与觉悟。

要说这三句话，应先问一问做小说的人，对于所做的小说，是否担负责任？中国从前的小说家，心目中本无责任二字，故不问诲淫诲盗，只须心中想得着，笔上写得出，无不淋漓尽致的做到书上去。

他们心中，亦未尝不知淫盗之不当诲，故全书结束，必有一番因果报应的话:——说什么某善人是升官发财，妻妾荣封；某恶人是家破人亡，妻儿流散;——似乎要借此一笔，把全书事实，完全打消，其意若曰：我本来是要教诸位做好人的，诸位自己要做坏人，干我什么事！

此等不负责任的“造孽家”，都已做了过去的人物；虽然遗留许多坏书在社会上，到将来良好的小说发达了，终有渐渐消灭的希望。至于当代的小说家，都已挂了“改良社会”，“启发民智”，“辅助教育”的招牌了；穷竟他们能否“货真价实，童叟无欺”，诚然是个疑问；我辈“以君子之心度人”，却总该承认他们是名实相符的。万一名实竟不相符，还当宽一步说：那是他们头脑欠清，未曾摸着路头，或路头虽已摸着，却嫌能力不足，未能实事求是做去。若说现在的世界上，竟还有不负责任，居心要制造恶人，酿成恶社会的小说家，我怕这话未免有些太“挖苦”了罢！

今先为“头脑欠清，未曾摸着路头”者说法:——

我常说，“世间只有两种人：一种是可怜的，一种是可恨的。”为什么没有可敬可爱的呢？因为一个人有了可敬可爱的资格，便天然要陷入可怜的地位。换一句话说，这一个世界，在未达我们理想中的“标准文明时代”之前，永远是个恶人欺侮善人的时代。做小说的把恶人描画出来，其本意无非说“世界上有这一等人，诸位要好好防备，可不要落在他坑里”，或是说“诸位请看，这等人做了坏事，到临了终没有好结果的，诸位可不要学他”；或是说“这等人太恶了，我现在揭穿了他的黑幕，大家合力反抗罢”。这三种用意，都从“悲天悯人”的念头中转化出来；从正面看去，简直半点毛病没有；若从反面仔细推测，便有种种流弊:——

第一，人类的模仿性，是最丰富的。辨别善恶性，也是人人都有的;——恶人亦能辨别善恶。故照常理说来，把辨别善恶性加到模仿性上面去，当然是人人都想做善人，人人都已做成了善人。然而情理与事实，相去不可以道理计，是什么缘故呢？这就叫做“理不胜欲”。譬如一部《聊斋志异》，把狐鬼两物，可算形容得触目惊心，令人不寒而栗了？然而我在十五六岁情窦初开的时候看了

他，心中明知狐鬼之可怕，却存了个怪想，以为照蒲留仙说，天下狐鬼，多至不可胜纪，且都是凿凿有据的，为什么我家屋子里，不也走出几个仙狐艳鬼来同我玩玩呢！这虽然是极可笑的孩子思想，却由此类推，我可断定看《官场现形记》的，看的时候虽觉书中人卑鄙无耻，到了身入官场的时候，就不知不觉的要做起书中人来；那看《儒林外史》的，看的时候虽替书中人一阵阵的肉麻，一把把的捏汗，到了地位相同的时候，也就不知不觉的如法炮制，做起假名士来。照此说，不是做消极小说的人，没有在反动一方面收到什么功效，反实施了一番做恶人的直观教育么？

第二，人类的神经，只能施以适当之激刺，不能施以过分之激刺；若激刺过了分，则神经渐趋衰钝，终至于麻木不仁而后已。故外国戏馆中，每遇谋杀决斗战争诸事，往往不在戏台上直演其惨状，只在谈话中用悲恻的神情表白出来，——即病死之情状，亦鲜有明演者;——又国家对于罪犯，非至万不得已不判死刑，即使判了，亦都在隐僻之处执行；甚至灾眚时疫，及一切惨怖事实，不能在贵客及妇女之前谈论：这些事，粗看了似乎无甚道理，仔细想去，当见其用意极深。中国却不然，种种奸淫惨杀之事尽可在大庭广众之中高谈阔论；官厅里杀起人来，必守着“刑人于市，与众共之”的古训；戏子们更荒谬，“三更三点的见鬼”，“午时三刻的杀人”，几乎无日不有；若

演《九更天》里的“滚钉板”,《罗通扫北》里的“盘肠大战”,《大香山》里“刀山地狱”,《蝴蝶梦》里的“大劈棺”，——此是关于惨杀一方面的，其关于淫秽一方的，如《送银灯》、《寄柬》、《拾玉镯》等，每有种种肉麻动作，亦可作如是观，——则演的人固然是兴会淋漓，看的人也觉得分外津津有味，从前我在上海，请一位美国朋友看了一次中国戏，那朋友说道：“贵国的戏，若叫敝国女人看了，可吓得他们一礼拜睡不着”；试问外国人看了要睡不着的，中国人看了反觉津津有味，中国人的神经，已到了那一等地步？又前一礼拜，周启明先生向我说：“近来在《研堂见闻杂记》里，看见一段故事，说‘清初李森先巡按江南，捕优人王子玠，与奸僧三遮和尚，相对枷死。子玠善演红娘，以僧对之，宛然法聪。人见之者，无不绝倒！’”试问人家到了将死的地步，中国人全无恻隐之心，反要大开顽笑，此种“忍心害理”的思想，是人类应有的不是？所以我常说，人类的神经，自有上天所赋的一点“真实感觉性”；有此一点“真实感觉性”，加以适当之刺激，人人可以做得圣贤，成得佛；犹如人人舌头上，都有辨别五味的能力，不必加以矮揉造作，即能自成其为“知味者”。若神经上多受了过分的刺激，他那现象，便如专吃腥燥油腻的野蛮人类一般，对于通常滋味，反不能辨别；久而久之，自能成为“习于世故”，“愍不畏死”，“哀乐无动于衷”的“老奸巨猾”了。

第三，做消极小说，大概不外乎两种方法，一种是直写实事，或在实事之外，略加点染的；一种是凭空结撰，完全是著作家杜造出来的。——第一种如“某某现形记”及新近出版的“某某黑幕”等；第二种如英人A. C. Doyle所作各种侦探小说，及William le Quex所作《Fatal Thir-teen》、《ConfessionsOfadg'sman》等。这两种，若要从根本上推翻他，简直是贻害社会，比几部有名的海淫海盗小说，还要利害百倍！何以故？因为诲淫的小说，即使大声疾呼，满纸写了“淫”字，遇到“无可与淫”，或意虽欲淫，而没有“潘、驴、邓、小、闲”那种资格的人，还只是淫不起来，那诲盗小说，即使写得荒谬到极处，满纸都是刀光血影，遇到“不必为盗”，或“虽欲为盗，而没有做强盗的经济魄力”的人，还只是做不成功强盗。如此说，诲淫诲盗，被诲者不过是一部分人，决不至全世界都变作“男盗女娼”的。

至于前文所述的“现形记”与“黑幕”，却大有普及一切的魔力。因为这一派书，所纪既属实事，故处处与现代社会吻合，模仿起来很容易；而且范围极广，非但不像淫盗两事之受社会裁制，竟有许多是国法之所不禁的，故看书的人，一到“心中所欲”或“地位所需”的时候，便可采集众长，实行模仿。

书中事实，本来是一二恶人，费了许多心思才能发明，且未必肯轻易告人的；自从这“Cyclopedia of Crime”出了世，竟变做了全世界的公器了！侦探小说的用意，自要促进警界的侦探知识；就本义说，这等著作家的思想，虽然陋到极处，却未能算得坏了良心；无如侦探小说要做得好，必须探法神奇；要探法神奇，必须先想出个奇妙的犯罪方法；这种奇妙的犯罪方法一披露，作奸犯科的凶徒们，便多了个“义务顾问”；而警界的侦探知识，却断断不会从书中的奇妙探法上得到什么进步：——因为犯罪是由明入暗，方法巧妙了，随处可以借用；探案是由暗求明，甲处的妙法，用在乙处，决不能针锋相对；——从前有位朋友向我说：“上海的暗杀案，愈出愈奇，都是外国侦探小说输入中国以后的影响”；我当时颇不以此言为然，现在思想，却不无一二分是处。至于W. le Quex的小说，愈觉荒谬，简直是个“罪恶叫卖店”的主人，吊高了嗓子叫道：“诸位要犯罪么？要杀人么？要是没有好方法，本主人廉价教授，只须花六个便士买本教科书看看就可以了！”这种书，价值远出于“现形记”黑幕之下，文笔也芜陋异常；然而英美两国，一般无知识的新闻记者和杂志主任，也居然称他为“文豪”咧！

以上都是就理论上说话，若就做法上说，则做积极小说，简直比做消极小说难了百倍；所以往往有头脑极清，明知消极小说之有流弊，动起笔来，却不知不觉的写到消极一条路上去；这因为——

1. 我们眼光中所看见的社会，好人少，坏人多；要写好人，简直找不到个影子，要写坏人，却触目皆是。

2. 好人是不能单独做的，必须有坏人衬托；把坏人写得愈坏，方见好人之愈好。然而写坏人易，写好人难；即如写个美人，便把《洛神赋》上的词头儿全都搬在纸上，亦觉不甚出色；要写个丑妇，却一动笔，便可引得读者哈哈大笑了。

3. 人的性情，是喜谈人短，恶说人长的，譬如三五个朋友聚在一处谈天，若说某甲如何如何好，不上三五句话就说完了；若谈某乙如何如何坏，必有某丙某丁刺刺不休的背出他的历史来。又如写信，要恭维人家儿声，便抄遍了什么尺牍大全，自己终觉得有些肉麻可笑；若要写封骂人的绝交书，保管文思泉涌，洋洋千百言，不难一挥而就。

4. 写好人的文章，已为千百年来一般“谀墓文豪”做尽；我们再去做他，尽管面子上挂了“小说”的招牌；看的人还要当他是什么哀启、祭文、家传、神道碑、墓志铭咧！

5. 专做好人的正面文章，在中文则容易做成《太上宝筏图说》《阴骘文图说》；在西文财容易做成“Sunday School Stories”，“Church Stories”。把小说做成了这一等书，还有什么文学上的价值没有？

当初我看小说，不论中文西文，总看不见什么良好的积极小说，心中颇以为怪；后来自己做了几年，领略了些甘苦，才知道内中有这几种原因。

照上文说，做积极小说虽非绝对的不可能，却已证明十分之八九是不容易做好的；要在这不容易之中找些方法出来，大约有五种——

第一种是化消极为积极。如陶渊明做的《桃花源记》，完全是表示厌世思想的；若老陶要把目睹的怪现状写出，至少也总可做成十部八部的“现形记”或“黑幕”；然而他不说世界的黑暗，只说自然界的快乐，又轻描淡写，把“不知有汉，无论魏晋，此人一为具言所闻，皆叹惋”，及“不足为外人道也”数语，将本意说出，这便是他极有斟酌处。又如英人 Daniel Defoe 所作的《Robinsin Crusoe》，亦与老陶同一用意，后人把他看作 Adventure Story 便错了。

第二种是以积极衬托消极。如苏格兰 S.R.Crockett 所做的《The Stickit Minister》兄弟两人，做兄的尽力种田，把家产变卖了培植兄弟；到他兄弟做了医学博士，竟把老兄置之不问了。此种材料，若叫中国人来做小说，必把乃弟描摹得不堪言状，末了再加上个“人之无良，一至于此”的批语；Crockett 却只写乃兄的如何劳苦，身体如何衰弱，心地如何忠厚；其“画龙点睛”处，仅有“乃兄耕田疲乏时，引领遥望，见乃弟骑骏马，挥鞭由阡陌间驰过”一语。又英人 Ella Higginson 所作的《Mrs Risley's Christmas Dinner》本来说一个不孝的女儿的，然而他不说女儿的如何如何不孝，却把母亲的如何衰老，如何孤苦，如何牵记女儿，描摹得委婉动人，呼之欲出；结尾说母亲有了如此好心，女儿竟不回来；是一篇文章，完全翻了个身，句句不骂女儿，却句句骂在女儿身上了。此等反衬文笔，感人最深，又全无流弊，做通俗小说，最宜取法。

第三是以消极打消消极。如俄人 Leo Tolstoy 所作的《Howmuch Land does a man need? 》是用滑稽笔法，——以反面的消极，打消正面的消极，——促动大地主的反省，正合代数学中“负与负乘，所得为正”的一句话。此种方法，当描摹正面的消极时，最宜自有分寸；否则“现形记”“黑幕”诸书，末段何尝不有一番自己打消自己的话说呢。

第四是以积极打消消极。如英人 Charles Dickens 所作的《A christmas carol》头段数页是正面的消极，初入梦的一小部分是反面的消极，后来一大部分，由消极趋于积极。

第五是消极积极循环打消。如吴稚晖先生所译的法国剧本《鸣不平》，——或作《社会阶级》，其原本余未之见，——是用“黄雀螳螂”的办法，把“公爵”，“银行主人”，“书记”，“婢女”，“车夫”，“黑奴”，“乞丐”，“狗”八种阶级，正面反面，各各写了个照，随即各自打消。这种方法极好，然当变换文章结构，方可引人入胜；要是死守了这一种章法，便“味同嚼蜡”了。

做小说的方法，本来是千变万化，不能拘执一格的；上面所说的五种，不过略举其例罢了。

袁子才诗话里，说“老学究论诗，必有一副门面语。……必曰须有含蓄，此店铺招牌，无关货之美恶。《三百篇》中，……有含蓄者，‘棘心夭夭，母氏劬劳’是也；有说尽者，‘投畀豺虎，投畀有昊’是也”。这一番话，拿来议论小说，本来是的切不移的。试看世界各国的近世小说家，凡是有魄力，有主张的，人人都有一部两部反抗强权，刺激社会的小说；非但不说那“须有含蓄”的腐败话，便连积极消极，也不成问题。然就小说的全体说是如此；若只就通俗小说一部分说，究竟要有些斟酌。所以我今天所说的话，自己也知道意思很肤浅，且大有老学究气息；然为目前时势之所需要，不得不如此说。到将来人类的知识进步，人人可以看得陈义高尚的小说，则通俗小说自然消灭了，我这话也就半钱不值了。

禁止女生入公共跳舞场布告

——国立北平大学女子学院布告之一——

现在本市各饭店所设公共跳舞场，大都流品不齐，空气污浊，决非青年学子所应参加。兹特严重告诫：诸生务须自惜羽毛，绝不涉足；如有故还，一经查出，立即除名。此布。

（二十年二月九日）

跳舞与密斯

——刘复封其主张之解释——

自日前报载女子文理学院院长刘复，禁止女生跳舞，及令学生互称“姑娘”，以代“密斯”消息后，颇引起一般人好奇的注意，甚至西报译载，沪报用特电登出。日昨记者晤见刘氏，询彼对于此二种主张之理由，刘谓跳舞，为娱乐消遣之一种，余虽不主张积极提倡，亦无一概禁止之意。唯近来平市各舞场，空气太坏，往往容易引诱青年人于浪费，虚荣，旷时，耽愆之迷途，或竟至造成悲惨之结果。此等舞场，欧美都会中亦有之，然自爱者决不涉足。余为爱护青年及徇各生家长之请求，会于一月半以前，布告禁止学生到舞场跳舞，盖雅不欲今日中国之大学生，仅成其为一封封跳舞之所谓摩登青年也。至于家庭集会，偶一跳舞，余固并不反对。次言余不赞成学生间以密斯互称，系去岁余就女子学院院长职时，向学生发表者。第一，女子称谓之名词，国语中并不缺乏，为保存中国语言之纯洁计，无须乎用此外来译音之称呼。第二，“密斯”在英语中，并非有何特别可贵处，英人对使女及饭店下女之类，亦称“密斯”，未必一受此称，便有何等光荣。第三，吾人口口声声呼打倒帝国主义之口号，而日常生活中尚将此不需要之帝国主义国家语言中译来之名词引用，诚不知是何种逻辑。根据以上理由，余主张废弃带有奴性的“密斯”称呼，而以“姑娘”“小姐”“女士”等国语中固有之称呼代之，固非主张代替“密斯”称呼，非用“姑娘”二字不可；而废弃“密斯”之理由，亦非因其雅致或不雅致也。日前报载不过将旧事翻新，然与余原意出入太多，致引起许多误会，实令人引为遗憾也。

（二十年四月一日世界日报）

半农家信

二十三日信计达，今补述二十日，即游杭第三日事。

是日早九时，雇山轿三顶，自湖滨出发，余及汝母外，有友人章川岛陪游。前一夕雨，晨间放晴，天气不冷不热，于游山最宜。先到净慈寺，通常一佛寺，建筑无足观，中有一古井极深，井底倒植一木，径尺，寺僧取长绳垂烛入井，可以及木而止，四周井水黝然。相传当年造寺，有仙人从井中运木，此所遗最后一木。其说颇不可信，吾乡观音寺四眼井，亦有此种传说，或者古时开大井，每以大木打桩，井成，桩留井底，水浅时乃可见耳。寺前有雷峰塔遗址，仅馀破砖一堆，千年灵物，渺不可见，恐再过若干年，对湖之保俶塔亦将如此也。次到虎跑泉，泉好茶好，地亦幽静，尽量饮数碗而去。次转入山中，先到石屋洞，小有林石之胜，有大书门前，称为湖南第一丛林者，妄也。次到水乐洞，洞不足观，循洞而入，渐闻水声淙淙，清脆如振金玉，入愈深，声愈晰，洪细相间，自然入妙，故有水乐之称。至洞底，乃见小泉在石缝中流，泉小而声大者，古所谓空谷传声，今所谓共鸣也。次到烟霞洞，洞在半山，颇少曲折，不足当烟霞之称。惟左旁有小楼数幢，可供游客投止，登楼一望，全杭湖山城市，均在目中，或当天气阴晴变化之交，自可拓入烟霞万古之胸怀耳。……此地以素菜著名，余等留饭，端来四个小碟，只红烧面筋一碟尚较好，且是半冷饭，儿令余胃病再发。临行川岛照常例付以四五元，身到杭州，自不得不作黄瓜儿而被刨也。次到龙井寺，匆匆一看即去，龙井有新旧二处，此乃新龙井也。次到九溪十八涧，地在两山之中，长可六七里，山水降积为溪涧，人在细流碎石中行。山树野花，莫不各怀幽趣，又正值采茶时节，每有小姑老叟，携篮工作，怡然有世外桃源之乐。而杜鹃方盛开，时见绝壁之下，嫣红一簇，于苍古中参以鲜媚，诚绝妙天然图画也。余与川岛均下轿步行，汝母亦欲一试，经轿夫告以石上行走危险而止。余语川岛，游杭州不游此地，是未游杭州也。川岛言，此地幸未蒙张静江朱骝先两公光顾耳，两公若来，早为建筑柏油路洋桥纪念塔，我等尚有今日之乐乎？次游理安寺，寺在楠木林中，颇有深伟之致，惜知客僧俗气逼人耳，天已暮，仍循原路回栈。

次日乘早车到上海，留二日，略购物事。随到苏州，留一日，游虎丘及西园留园。虎丘尚小有可观，西留两园真不值寓目。苏州名胜，乃在天平山等处，惜时促，未能一游也。次到无锡，遇雨，留一宿，即回江阴。现家居已三日，时晴时雨，扫墓尚未毕事。又气候随晴雨而变，晴则热可挥扇，雨则寒可御裘，真造病天气也。现定再住二三日即行北返，或过锡时略游梅园鼋头渚等处，原定镇江金焦山并山东孔陵泰山之游拟即作罢，将来再作计较。小蕙来信已到，写得颇认真，亦甚有条理，但别字太多耳。我等身体均好，诸亲友亦好，连日各家请吃饭，五脏神大忙，即报小蕙阿伦阿敦三儿知之。

半农

一九三一年五月一日

致北平市长周大文

华章先生市长座右：教读多忙，罕承清诲。维动定迪吉，德业日新，为祝为慰。敬启者：反对营业舞场，复实首创其议。半年前忝长女院，曾牌告学生，倘稍涉足，立除学籍。一时中外报纸，传为异闻，攻击讥嘲，数月未息。而复屹然未动，持之愈坚。良以青年正当力学救国之时，一旦堕入奢靡淫污之窟，不啻饮以蜜酰，而致其死命也。幸未几，政府即颁禁闭之令。平市赖公果断办理，不及二月，即告肃清。复今虽已不负学校行政责任，而能目睹陷害青年之恶瘴，得以排除一面，亦不禁额手称庆，深佩政府之贤明，及我公处事之敏捷也。乃犹有一二旅馆，假藉外人势力，公然设场，甚至登报招摇，洋洋自得。夫国际通商，虽有条约之保障。而所在国特有之禁令，则在所必遵。故美国禁酒，未闻酿造之国家据条约向纽约运酒。英国禁娼，未闻卖淫之国家，据条约在伦敦设窑。吾国禁烟，外奸私贩，在所不免，然亦未闻公开灯吃，登报招人。以彼例此，事正相类。该旅馆等，若设于使馆界中，犹可言吾国政令之所不及。今分明在界外，而乃悍然蔑视政府之命令，违抗我公之设施，我公若曲予优容，恐转为彼辈所窃笑，且何以对政府？何以对被封之中国舞场？我公处代表全市尊荣之地位，此而不图，恐市民未必能谅解我公之雍容大度，转或怀疑而生腹非。此则爱公之市民如复者，所以不得不以寸笺奉告也。敬请政安。

刘复敬上

（二十年十二月二十四日，北平）

与张溥泉

溥泉先生道鉴：多时不见，渴念为劳。惟起居佳胜，德望日隆，为祝。比闻中央将建陪都于西安，而推先生主持其事。报章传载，语焉不详，然非无根之谈，则可断言也。开发西北，诚为吾之要图。往日先生在平，发表此论，弟未尝不深佩卓见。然则当于平时图之。非可语于国难方殷之今日也。且开发自有开发之道。若谓一建陪都，即可化荒芜为富庶，转鄙塞为开明，弟虽至愚，宁敢遽信。今政府诸公之创陪都说者，谓将作长期抵抗也。乃抵抗未见，而于陪都则亟亟遑遑焉，是犹强寇在门，为家主者扬言拒寇，阴实逾垣而逃，天下滑稽之事，有过此者乎？推其结果，国人必痛哭相告曰，政府已弃吾民而西去，吾民不知死所矣。是内失众心也。外人亦必太息相谓曰，天助自助者，华人不能自助，吾侪又何纷纷为。是外失众助也。一举而内失众心，外失众助，政府贤明，固当如是耶？夫今日之事，惟有破釜沉舟。出于一战。中国而果已至于必亡者，战固亡，不战亦亡。中国而尚未至于必亡者，战不亡，战亦未必遽亡。此事理之至明，而自沈阳变起，至今将近半年，未闻政府诸公定一谋，决一策。其事业之昭昭在人耳目者：上海市长接受日海军之哀的美敦书，而仍不免于一战，一也。北平市长洗刷标语，以壮美观，并总理遗教而亦去之，二也。杂派许多不相干之人，而名之曰国难会议，冀以为政府分谤，三也。并此建陪都于西安，则四也。四者之外，尚有何事足举乎。呜呼，政府尝以沉着诏吾民矣。证以事实，沉则有之，着则未见，是沉沦也。政府又尝以运兵不便，援应迟缓之苦衷示吾民矣。此事实也，然而平时交通有部，铁道有部，岁縻巨款，果何为者。政府又尝以炮械不如敌军精利，以自明其非战之罪矣。此亦事实也，然而平时军费，占全国总支出之大半，果何往耶？说者谓政府诸公之不肯战，盖有二因。保全实力，备将来内战时攫取地盘，一也。政府诸公之私财，多存于日本银行，一旦开战，恐惧收没，二也。此或不免以小人之心度人，然而政府诸公亦当有事实上之剖白，一纸空言，不足邀吾民之信服也。吾民对于政府，但求有一点好处，即竭诚信仰而拥护之。观于十九路军在沪作战，沪民之勇于捐输，甚至家破身亡而不悔，政府诸公亦当有动于衷矣。乃自退却之后，十日来未闻反攻，新阵地亦日见摇动，于是白川乃有率兵游览苏杭名胜之大言。吾民至此，遂不得一变往日信仰政府之心，而群趋于悲观绝望之一途。使政府诸公尚有人心，允宜相率泣血于总理之陵，然后企图自赎之道。乃计不出此，而惟陪都是图，其意若曰，失辽东千里于一旦，不足惜也。付闸北于一炬，不足惜也。即沦首都于贼手，付守护陵寝之责于白川，亦不足惜也。今日可徜徉于洛阳，明日可逍遥于西安，更至明日，尚有哈密迪化在。中国诚大矣，窃恐如此退去，亦终有推车撞壁之一日，而政府诸公乃竟未能见及耶？昔与先生同在团城，有一日本新闻记者求见。先生作色谓侍者曰，可令速去，谁有工夫见日本小鬼。弟目睹其事，退谓叔平曰，溥泉自是血性人，不类其他阔老。今此情此景，犹恍然在目也，望作大狮子吼，醒昏昏者于沉梦。若竟如报纸所传，将以有用之精神，用于建设陪都之妄举，坐令弟等感叹汉族西来之学说，尚有待于证明，而汉族西奔之事实，即完成于当代。先生自审，得毋爽然若失乎？匆匆即请道安。弟刘复顿首。

（廿一年三月十日，北平）

徐志摩先生的耳朵

近来正是窘极，要想在声乐范围之内，找些有趣的题目研究，竟是左也找不着，右也找不着。

多谢启明，将《语丝》首七期寄给我看。看到第三期，我不禁心花怒放，喜得跳起来说：

"好！题目有了，徐志摩先生的耳朵！"

先模仿徐先生的文笔说一句话：我虽不是音乐家，我可爱研究理论的音乐。

就我一知半解的程度去推测，或者是根据了我读过的三本半破书去推测，我总是模糊到一万零一分。我的耳朵，当然只配听听救世军的大鼓，和"你们夫人的披霞娜"；但那三本半破书的作者，或者比我高明些，或者也能听听"害世军"的大鼓，和你们丈夫的披霞娜。

然而徐先生竟是那么说而且是很正式，很郑重地宣布了。

我们研究这问题，第一要考察这现象是否真实。

"乡下"的看鬼婆婆（或称作看香头的），自说能看见鬼，而且说得有声有色：东是一个大的，西是一个小的，床顶上一个青面獠牙的，马桶角里落一个小白脸！但我若是个光学家，我就决不睬她；因为她只是看鬼婆婆罢了！

现在却不然。徐先生是哲学家，是诗人；他学问上与文艺创作上的威权，已可使我们相信到万分，而况他是很正式，很郑重的宣布的。

因此现象真实与否的一个问题，可以不成问题。若然有人对于徐先生的话，尤其是对于徐先生这样正式，这样郑重的话，还要怀疑，那么，此人真该“送进疯人院去”，此人一定不能“数一二三四”，因为他不知道徐先生与乡下看鬼婆婆之间，有多大的区别。

次一问题是：在徐先生能听我们所听不到的这一件事实上，或者说在这一个真确的现象上，我们应当推测，有几种可能，可以使这真确的现象成立？

于是我就就我的一知半解来推测了：

第一推测：徐先生所能听的音，或者是极微弱的音，是常人听不见的，这个假定如果对，徐先生耳朵上，一定有具自然的 microphone。

第二推测：亦许徐先生听到的是极远的音，是常人听不到的。那么徐先生耳朵上一定有一具自然的无线电受音器。

第三推测：亦许徐先生能听一秒钟一颤动的低音，以至于一秒钟一百万颤动的高音。那么，徐先生的耳鼓膜一定比常人特别 sensible。我们可以说，这是双料道地的耳鼓膜。

第四推测：亦许徐先生的耳朵不但能听音而且能发音，发了之后还是自己听。这样，徐先生耳朵上，一定有一具——有一具什么呢？啊，惭愧，这个名词还没有发明呢！

这几个推测当然是不完备的。“天地大着”，幼稚的科学，何能仰测高深于万一呢？幸而我不久就回国。到北京后，我要用性命担保我的诚意，请徐先生给我试验试验。屈徐先生为 sujet 当然万分对他不起；但为探求真理起见，徐先生既不像上海新世界卖野人头的一样胡诌，我想他当然一定可以俯允我的要求。

徐先生！我们试验时，在未入本题之前，可先作两个附带试验（便这附带试验，也就重要得可以了）：

第一，我知道听音是耳鼓膜，而你却说是耳轮。

第二，你说皮厚皮粗不能听音，我就不知道那一部分的皮是有听觉的。还是人体皮肤的全部呢？还只是某一局部（例如脸皮）？

至于归到问题的本身，那自然尤其重要了。惟其重要，所以更难。最难的是徐先生的耳朵，不能割下观察与试验。但我总想尽我能力，打破难关。

万一竟是无法，我要与徐先生情商，定一个极辽远的预约：

到徐先生同泰戈尔一样高名高寿之后，万一一旦不讳，而彼时我刘复幸而倘在，我要请他预先在遗嘱上附添一笔，将两耳送给我解剖研究，至少也须是两个耳轮，能连同它的细皮，自然更好。

我研究完了，决不将它丢到荒野中去喂鸟（因为这不是一件鸟事），一定像德国人处置康德的头颅一样，将它金镶银嵌起来，供在博物院里。

若然不幸，我死在徐先生之前，我当然就没这样的好福分去研究。但我想“天地大着”，此间总有许多同我一样的好事者，我们总有一天能将这“甘脆的 mystic”研究出个究竟来，只拜望徐先生能多多赐助罢了。

十四年一月二十三日巴黎骂瞎了眼的文学史家

从前我很失望，说中国近数十年来，不但出不出一个两个惊天动地的好人，而且出不出一个两个惊天动地的坏人，如名盗，名贼，名妓等。

后来可渐渐地感觉到我的谬误了。一九二〇年在伦敦，就听见有人说，我们监督大人的英文，比英国的司各德还好（注意，这不是卖鱼肝油的，乃是英国第一个历史小说家 Walter Scott）。接着听说上海滩上，出了一个大诗人，可比之德国的 Goethe 而无愧。接着又听说我们中国，连 Wilde 也有了，Johnson 也有了，Tagore 也有了，什么也有了，什么也有了……这等消息，真可以使我喜而不寐，自恨当初何以如此糊涂，把中国人看得半钱不值。

最近，又听说我们同事中，出了一位奇人。此人乃是北京大学教授□□先生，即名署□□的便是。

□先生的英文，据说比 Dickens 更好。同时他还兼了三个法国差使，他既是 Voltaire，又是 Zola，更是 France！

这等话，都是见于经传的，并不是我信口胡诌。我现在对于□先生，欢喜赞叹之余，敬谨把他介绍于《语丝》的六千个读者；这件事，亦许是亵渎了□先生，因为我料定知道而且景仰□先生的人，至少总也有六千倍的六千了。

我所代□先生愤愤不平者，便是我翻遍了一切的英国文学史，没有看见□先生的名字。这些编文学史的，瞎了眼！而且□先生不但应在英国文学史中有地位而已也，他既是 Dickens-Voltaire-Zola-France 四个人的合体，那便是无论哪一种世界通史中都应该大书特书的，然而我竟孤陋寡闻，没有找到一些影子。更退一百步说，法国 Institut 面前，至少也该把他们贵法国的 Voltaire-Zola-France 的合体，大大的造起一座铜像来，然而我离开法国时，好像没有看见。许是还没有完工罢！然而那班 Institut 的老头儿，可真是糊涂到万分以上了。再退一万步，H. G. Wells 的那部《世界史大纲》中好像也没有□先生的名字，这真有些古怪了。

Wells 是□先生的好朋友。我记得有一次，他写信与□先生，不写 dear Mr——，而写 dear——，□先生便高兴得浑身搔不着痒处，将原信遍示友朋。无知 Wells 竟糊涂到万万分，著书时把个极重要的人物，而同时又是他最亲密的朋友，竟轻轻的忘去了。好像我在杂志上，看见许多历史家说 Wells 不配做历史书，因为他将许多史的事弄错了。我不是历史家，不能批判这些评论对不对。现在就这件事上看起来，却要说 Wells 挨骂是活该。

我代□先生愤愤不平，我除痛骂这班历史家瞎眼而外，更无别法。但我很希望北大史学系主任朱逷先生不要也忽略了这一件事。逷先！你该知道我们现在只有这一个人替我们中国绷绷场面，你还不赶紧添设“□□教授之研究”一科么?

十五年一月二十日，北京

诗与小说精神上之革新

我尝说诗与小说，是文学中两大主干，其形式上应行改革之外，已就鄙见所及，说过一二。此篇专就精神上立论，分述如下。

一　曰诗

朱熹《诗传序》曰，“人生而静，天之性也。感于物而动，性之欲也。夫既有欲矣，则不能无思。既有思矣，则不能无言。既有言矣，则言之所不能尽，而发于咨嗟咏叹之余者，必有自然之音响节奏而不能已焉。此诗之所以作也。”曹文埴《香山诗选序》曰，“自如诗之根于性情，流于感触，而非可以牵强为者。而彼尚戋戋焉比拟于字句声调间也。则曷反之于作诗之初心，其亦有动焉否耶。”袁枚《随园诗话》有曰，“须知有性情，便有格律。格律不在性情外。三百篇半是劳人思妇，率意言情之事。谁为之格，谁为之律，而今之谈格调者，能出其范围否。”可见作诗本意，只须将思想中最真的一点，用自然音响节奏写将出来便算了事，便算极好。故曹文埴又说“三百篇者，野老征夫游女怨妇之辞皆在焉。其悱恻而缠绵者，皆足以感人心于千载之下。”可怜后来诗人，灵魂中本没有一个“真”字。又不能在自然界及社会现象中，放些本领去探出一个“真”字来。却看得人家做诗，眼红手痒，也想勉强胡诌几句，自附风雅。于是真诗亡而假诗出现于世。

《国风》是中国最真的诗，——《变雅》亦可勉强算得，——以其能为野老征夫游女怨妇写照，描摹得十分真切也。后来只有陶渊明白香山二人，可算真正诗家。以老陶能于自然界中见到真处，老白能于社会现象中见到真处。均有绝大本领，决非他人所及。然而三千篇“诗”，被孔丘删剩了三百十一篇。其余二千六百八十九篇中，尽有绝妙的《国风》，这老头儿糊糊涂涂，用了那极不确当的“思无邪”的眼光，将他一概抹杀，简直是中国文学上最大的罪人了。

现在已成假诗世界。其专讲声调格律，拘执着几平几仄方可成句，或引古证今，以为必如何如何始能对得工巧的，这种人我实在没工夫同他说话。其能脱却这窠臼，而专在性情上用功夫的，也大都走错了路头。如明明是贪名受利的荒论，却偏喜做山林村野的诗。明明是自己没甚本领，却偏喜大发牢骚，似乎这世界害了他什么。明明是处于青年有为的地位，却偏喜写些颓唐老境。明明是感情淡薄，却偏喜做出许多极恳挚的“怀旧”或“送别”诗来。明明是欲障未曾打破，却喜在空阔幽渺之处立论，说上许多可解不解的话儿，弄得诗不像诗，偈不像偈。诸如此类，无非是不真二字，在那儿捣鬼。自有这种虚伪文学，他就不知不觉，与虚伪道德互相推波助澜；造出个不可收拾的虚伪社会来。至于王次回一派人，说些肉麻淫艳的轻薄话，便老着脸儿自称为情诗。郑所南一派人，死抱了那“但教大宋在，即是圣人生”的顽固念头，便摇头摆脑，说是有肝胆有骨气的爱国诗，亦是见理未真之故（余尝谓中国无真正的情诗与爱国诗，语虽武断，却至少说中了一半）。近来易顺鼎樊增祥等人，拼命使着烂污笔墨，替刘喜奎梅兰芳王克琴等做斯文奴隶，尤属丧却人格，半钱不值，而世人竟奉为一代诗宗。又康有为作“开岁忽六十”一诗，长至二百五十韵，自以为前无古人，报纸杂志，传载极广。据我看来，即置字句之不通，押韵之牵强于不问，单就全诗命意而论，亦恍如此老已经死了，儿女们替他发了通哀启。又如乡下大姑娘进了城，回家向大伯小叔摆阔。胡适之先生说，仿古文章，便做到极好，亦不过在古物院中，添上几件“逼真赝鼎”。我说此等没价值诗，尚无进古物院资格，只合抛在垃圾桶里。

朋友！我今所说诗的精神上之革新，实在是复旧；因时代有古今，物质有新旧，这个真字，却是惟一无二，断断不随着时代变化的。约翰生论此甚详，介绍其说如下。［约翰生博士，Dr. Samuel Johnson 生于一七〇九年，殁于一七八四年。为十八世纪英国文学界中第一人物。性情极僻，行事极奇，我国杂志中，已有译载其本传者，兹不详述。氏所著书，以《英文字典》（《English Dictionary》）《诗人传》（《The Lives pf English Poets》）两种为毕生事业中最大之成就。而《拉塞拉司》（《Rasseias》），《人类愿望之虚幻》（《Vanity of Human Wishes》），《漫游人》，（《The Rambler）诸书，亦多为后世珍重。此段即从《拉塞拉司》中译出。书为寓言体，言“亚比西尼亚（Abyssinia）有一王子，日拉塞拉司，居快乐谷（The Happy Valley）中，谷即人世‘极乐地’（Paradice）。四面均属高山，有一秘密之门，可通出入。王子居之久，觉此中初无乐趣，与二从者窃门而逃，欲一探世界中何等人最快乐。卒至遍历地球，所见所遇，在在均是苦恼。然后兴尽返谷，恍然于谷名之适当云。”氏思想极高，文笔以时代之关系，颇觉深奥难读。本篇所译，力求平顺翔实，要以句句不失原义而止。]

应白克曰，“……我辈无论何往，与人说起做诗，大都以为这是世间最高的学问。而且将他看得甚重，似乎人之所能供献于神的自然界者，便是个诗。然有一事最奇怪，世界不论何国，都说最古的诗，便是最好的诗。推求其故，约有数说。一说为别种学问，必须从研究中渐渐得来。诗却是天然的赠品，上天将他一下子送给了人类，故先得者独胜。又一说谓古时诗家，于榛狉蒙昧之世，忽地做了些灵秀婉妙的诗出来，时人惊喜赞叹，视为神圣不可几及。后来信用遗传，千百年后，仍于人心习惯上，享受当初的荣誉。又一说谓诗以描写自然与情感为范围，而自然与情感，却始终如一，永久不变的。古时诗人，既将自然界中最足动人之事物，及情感界中最有趣味的遭遇，一概描写净尽，半些儿没有留给后人。后人做诗，便只能跟着古人，将同样的事物，重新抄录一通，或将脑筋中同样的印象，翻个花样布置一下，自己却造不出什么。此三说，孰是孰非，且不必管。总而言之，古人做诗，能把自然界据为己有，后人却只有些技术。古人心中，能有充分的魄力与发明力，后人却只有些饰美力与敷陈力了。

“我甚喜作诗，且极望微名得与前此至有光荣之诸兄弟（指诗人）并列。波斯及阿拉伯诸名人诗集，我已悉数读过，又能背诵麦加大回教寺中所藏诗卷。然仔细想来，徒事模仿，有何用处。天下岂有从模仿上着力，而能成其为伟大哲士者。于是我爱好之心，立即逼我移其心力于自然与人生两方面。以自然为吾仆役，恣吾驱使，而以人生为吾参证者，俾是非好坏，得有一定之依据。自后无论何物，倘非亲眼见过，决不妄为描写。无论何人，倘其意向与欲望，尚未为我深悉，我亦决不望我之情感，为彼之哀乐所动。”

“我既立意要作一诗家，遂觉世上一切事物，各各为我生出一种新鲜意趣来。我心意所注射的地域，亦于刹那间拓充百倍，自知无论何事，无论何种知识，均万不可轻轻忽过，我尝排列诸名山诸沙漠之印象于眼前，而比较其形状之同异。又于心头作画，凡森林中有一株之树，山谷中有一朵之花，但令曾经见过，即收入幅中，岩石之高顶，宫阙之塔尖，我以等量之心思观察之。小河曲折，细流淙淙，我必循河徐步，以探其趣，夏云倏起，弥布天空，我必静坐仰观，以穷其变。所以然者，深知天下无诗人无用之物也。而且诗人理想，尤须有并蓄兼收的力量。事物美满到极处，或惨怖到极处，在诗人看来，却是习见。大而至于不可方物，小而至于纤眇不能目睹，在诗人亦视为相狎有素，不足为奇，故自园中之花，森林中之野兽，以至地下之矿藏，天上之星象，无不异类同归，互相联结，而存储于诗人不疲不累之心栈中。因此等意思，大有用处能于道德或宗教的真理上，增加力量。小之，亦可于饰美上增进其自然真确之描画。故观察愈多，所知愈富，则做诗时愈能错综变化其情景，使读者睹此精微高妙之讽辞，心悦诚服，于无意中受一绝好之教训。”

“因此之故，我于自然界形形色色，无不悉心研习。足迹所至，无一国无一地不以其特有之印象见惠，以益我诗力而偿我行旅之劳。”

拉塞拉司曰，“君游踪极广，见闻极博，想天地间必尚有无数事物，未经实地观察。如我之侷处群山之中，身既不能外出，耳目所接，悉皆陈旧。欲见所未见，观察所未观察而不可得，则如何。”

应白克曰，“诗人之事业，是一般特性的观察，而非各个的观察。但能于事物实质上大体之所备具，与形态上大体之所表见，见着个真相便好。若见了郁金香花，便一株株的数他叶上有几条纹，见了树林，便一座座的量他影子是方是圆，多长多阔，岂非麻烦无谓。即所做的诗，亦只须从大处落墨，将心中所藏自然界无数印象，择其关系最重而情状最足动人者，一一陈列出来。使人人见了，心中恍然于宇宙的真际，原来如此。至于意识中认为次一等的事物，却当付诸删削。然这删削一事，也有做得甚认真，也有做得甚随便，这上面就可见出诗人的本分，究竟谁是留心，谁是贪懒了。”

“但是诗人观察自然，还只下了一半功夫，其又一半，即须娴习人生现象。凡种种社会种种人物之乐处苦处，须精密调查，而估计其实量。情感的势力，及其相交相并之结果，须设身处地以观察之。人心的变化，及其受外界种种影响后所呈之异象，与夫医天时及习俗的势力，所生的临时变化，自人人活泼康健的儿童时代起，直至其颓唐衰老之日止，均须循其必经之轨道，穷迹其去来之踪。能如是，其诗人之资格犹未尽备。”

必须自能剥夺其时代上及国界上牢不可破之偏见，而从抽象的及不变的事理中判一是非。尤须不为一时的法律与舆论所羁累，而超然高举，与至精无上，圆妙无极，万古同一的真理相接触，如此，则心中不特不急急以求名，且以时人的推誉为可厌，只把一生欲得之报酬，委之于将来真理彰明之后。于是所做的诗，对于自然界是个无人联络的译员，对于人类是个灵魂中的立法家。他本人也脱离了时代与地方的关系，独立太空之中，对于后世一切思想与状况，有控御统辖之权。

“虽然，诗人所下苦工，犹未尽也。不可不习各种语言，不可不习各种科学。诗格亦当高尚，俾与思想相配。至措词必如何而后隽妙，音调必如何而后和叶，尤须于实习中求其练熟……’

二　曰小说

“小说为社会教育之利器，有转移世道人心之能力。”此话已为今日各小说杂志发刊词中必不可少之套语。然问其内容，有能不用“迎合社会心理”的工夫，以遂其“孔方兄速来”之主义者乎。愿小说出版家各凭良心一答我言。

“文情”二字，又今日谈小说者视为构成小说之原质者也。然我尝举一“文”字，问业于一颇负时名之小说家，其答语曰，“作文言小说，近当取法于《聊斋》，远当取法于‘史汉’。作白话小说，求其细腻，当取法于《红楼》。求其瘦硬，当取法于《水浒》。然《红楼》又脱胎于杂事秘辛》诸书，《水浒》又脱胎于《飞燕外传》诸书。则谓小说即是古文，非古文不能称小说可也。”又尝“情”字，问业于一喜读小说之出版家，其答语曰，“离奇是小说的骨子。必须起初一个闷葫芦，深藏密闭到临了才打破，主方为上乘。其次亦当如金圣叹评易’，所谓，‘手轻脚快，一路短打’方是。若在古文功夫，句句是乌龟大翻身，有何趣味。”由前说言，原有古文，已觉读之不尽，何必再做。且何不竟做古做此刻鹄类鹜画虎类狗之小说为。由后说言，街头巷尾，小书摊上所卖“穷秀才落难中状元，大小姐后园赠衣物”的大丛书，亦尽可消闲破闷，何必浪费笔墨，再出新书。

小说家最大的本领有二：第一是根据真理立言，自造一理想世界。如施耐庵一部《水浒》，只说了“做官的逼民为盗”一句话，是当时虽未有“社会主义”的名目，他心中已有了个“社会主义的世界”。托尔斯泰所作社会小说，亦是此旨。其宗教小说，则以“Where’s Love，there’s God.”一语为归宿，是意中不满于原有的宗教，而别有一理想的“新宗教世界”也。此外如提福之《鲁滨生》一书，则以“社会不良，吾人是否能避此社会？”及“吾人脱离社会后，能否独立生活？”两问题，构成一“人有绝对的独立生活力”的新世界。欧文所著各书，则以“风俗浇漓足以造成罪恶”，而虚构一“浑浑噩噩之古式的新世界。”虞哥所撰各书，则破坏“一切制造罪恶的法律”，而虚构一“以天良觉悟代法律的新世界”。王尔德所著各书，能于“爱情真谛”之中，辟一“永远甜蜜”的新世界。左喇所著各书，能以“悲天悯人”之念，辟一“忠厚良善”之新世界。虽各人立说不同，其能发明真理之一部分，以促世人之觉悟则一。第二是各就所见的世界，为绘一惟妙惟肖之小影。此等工夫，已较前稍逊。然如吾国之曹雪芹、李伯元、吴趼人，英国之狄铿士、萨克雷、吉伯林、史蒂文森，法国之龚枯尔兄弟与莫泊三，美国之欧·亨利与马克·吐温，其心思之细密，观察力之周至，直能将此世界此社会表面里面所具大小精粗一切事物，悉数吸至笔端，而造一人类的缩影，此是何等本领。至如惠尔司之撰科学小说，康南道尔之撰侦探小说，维廉勒荷之撰秘密小说，瑟勒勃郎之撰强盗小说，已非小说之正，且亦全无道理，与吾国《花月痕》(野叟曝言》《封神榜》《七侠五义》等书，同一胡闹。然天地间第一笨贼，却出在我国。此人为谁，曰俞仲华之撰《荡冠志》是！

同是一头两手，同是一纸一笔，何以所做小说，好者如彼而恶劣者如此，曰，些是头脑清与不清之故。果能清也，天分高，功夫深，固可望大成；即不高不深，亦可望小成。否则说上一辈子呓话，博得俗伧叫好而已。我今介绍樊戴克之说，即是洗清头脑的一剂灵药。[樊戴克博士，Henry van Dyke 为美国当代第一流文豪。曾任 Princeton 大学英文学主讲。其著作有《Fisherman's Luck》,《Little Rivers》,《The Blue Flowers》,《The Ruling Passion》,《Music, and other Poems》,《The House of Rimon》,《The Toiling of Felix, and other poems》等。首二种为纪事写生文，次二种为小说，余为诗集，均极有声誉。此节见于《The Ruling Passion》一书之篇首，标题曰《著作家之祈祷》(《a writ er' s Request of His Master》)，盖用教会中祈祷文体，以发表其小说上之观念，正所以自明其视文学为神圣的学问也。其言甚简，却字字着实，句句见出真学问，实不可多得之短文也。

愿上帝佑我，永远勿任我贸然以道德问题与小说相牵涉，且永远勿任我叙述一无意义之故事。愿汝督察我，令我敬重我之材料，俾不敢轻视自己之著述。愿汝助我以诚实之心对待文字与人类，因此皆有生命之物也。愿汝示我以至清明之途径，因著书如泗水。少许之澄清，胜于多许之混浊也。愿汝导我观察事物之色相，而不昧我心中潜蓄之灵光。愿汝以理想赐我，俾我得立足于纺机之线，循序织入人类之锦，然后于朦昧不明之一大疑团中，探得其真际所在。愿汝管束我，勿令我注意书籍，有过于人类，注意技术，有过于人生。愿汝保持我，使我尽其心力，作此一节之功课，至于圆满充足而后止。既毕事，则止我。且给我以酬，如汝之意。更愿汝助我，从我安静之心中，说一感谢汝恩之亚门。

此说专对小说立论，与约翰生之论诗，虽题目各殊，用意实出一轨。可知诗与小说仅于形式上异其趋向，骨底乃是一而二,二而一，即诗与小说而外，一切确有文学的价值之作物，似亦未必不可以此等思想绳之。结论

前文云云，我不敢希望于今之"某老某老"之大吟坛，亦不敢希望于报纸中用二号大字刊登"洛阳纸贵""著作等身"之小说大家。即持此以与西洋十先令或一便士的廉价出版品。——有时亦可贵至一元三角半或三先令六便士——之著作家说话，亦是对牛弹琴，大杀风景。然则此文究竟做给何等人看，曰，做给爱看此文者看。

"If this will not suffice, it must appear
That malice bears down Truth"

——Shakespeare

"Truth crashed to earth shall rise again:
The eternal years of God are hers."

——Bryant

致钱玄同

玄同先生：

接到来信，非常快活。我是星期一至五的上午九至十二时总空的，先生无论那天来，都很欢迎。

文学改良的话说，我们已锣鼓喧天地闹了一闹；若从此阴干，恐怕不但人家要说我们是程咬金的三大斧，便是自己问问自己，也有些说不过去罢！

先生说的积极进行，又从这里面说出“造新洋房”的建设，和“打鸡骂狗”的破坏两种方法来，都与我的意思吻合；虽然这里面千头万绪，主张各有进出，那最大的目标，想来非但你我相同，连适之独秀，亦必一致赞成。然前天适之说，“独秀近来颇不起劲”，不知是何道理？

先生说“本是个顽固党”。我说我们这班人，大家都是“半路出家”，脑筋中已受了许多旧文学的毒。——即如我，国学虽少研究，在一九一七年以前，心中何尝不想做古文家，遇到几位前辈先生，何尝不以古文家相助；先生试取《新青年》前后所登各稿比较参观之，即可得其改变之轨辙。——故现在自己洗刷自己之外，还要替一般同受此毒者洗刷，更要大大的用些加波力克酸，把未受毒的清白脑筋好好预防，不使毒菌侵害进去；这种事，说是容易，做就很难；比如做戏，你，我，独秀，适之，四人，当自认为“台柱”，另外再多请名角帮忙，方能“压得住座”；“当仁不让”，是毁是誉，也不管他，“NB647”说对不对呢？

信中不能多说话，望先生早一二天来谈谈！

愿为你之好友者！

刘半农

一九一七，十月十六。

《扬鞭集》自序

我今将我十年以来所作所译诗歌删存若干首，按时期先后编为一集，即用第一首诗第一二两字定名为《扬鞭》。我不是个诗人。诗人两字，原不过是做诗的人的意思。但既然成了一个名词，就不免带着些“职业的”臭味。有了这臭味，当然就要有“为做诗而做诗”的机会，即是“榨油”“绞汁”的机会，而我却并不如此。

我可以一年半年不做诗，也可以十天八天之内无日不做诗。所以不做，因为是没有感想；所以要做，因为是有了感想肚子里关煞不住。有时我肚子里有了个关煞不住的感想，便把什么要事都搁开，觉也睡不着，饭也不想吃——老婆说我发了痴，孩子说我着了鬼——直到通体推敲妥帖，写成全诗，才得如梦初醒，好好的透了一口气。我的经验，必须这样做成的诗，然后在当时看看可以过得去，回头看看也还可以对付。至于别人看了如何，却又另是一件事。

请别人评诗，是不甚可靠的。往往同是一首诗，给两位先生看了，得到了两个绝对相反的评语，而这两位先生的学问技术，却不妨一样的高明，一样的可敬。例如集中《铁匠》一诗，尹默、启明都说很好，适之便说很坏；《牧羊儿的悲哀》启明也说很好，孟真便说“完全不知说些什么”！

原来做诗只是发抒我们个人的心情。发抒之后，旁人当然有评论的权利。但彻底的说，他的评论与我的心情，究竟能有什么关系呢？我将集中作品按照时间先后编排，一层是要借此将我十年以来环境的变迁与情感的变迁，留下一些影子；又一层是要借此将我在诗的体裁上与诗的音节上的努力，留下一些影子。

我在诗的体裁上是最会翻新鲜花样的。当初的无韵诗，散文诗，后来的用方言拟民歌，拟“拟曲”，都是我首先尝试。至于白话诗的音节问题，乃是我自从民九年以来无日不在心头的事，虽然直到现在，我还不能在这上面具体的说些什么，但譬如是一个瞎子，已在黑夜荒山中摸索了多年了。

刘复，一九二六，三，三，北京。

（原载 1926 年 3 月 15 日《语丝》第 70 期）

《半农杂文》自序

我在十八九岁时就喜欢弄笔墨，算到现在，可以说以文字与世人相见，已有二十五年的历史了。这二十五年之中，通共写过了多少东西，通共有多少篇，有多少字，有多少篇是好的，有多少篇是坏的，我自己说不出，当然更没有第二个人能于说得出。原因是我每有所写述，或由于一时意兴之所至，或由于出版人的逼索，或由于急着要卖几个钱，此外更没有什么目的。所以，到文章写成，寄给了出版人，就算事已办完。到出版之后，我自己从没有做过收集保存的工作：朋友们借去看了不归还，也就算了；小孩们拿去裁成一块块的折猢狲，折小狗，也就算了；堆夹在废报纸中，积久霉烂，整捆儿拿去换了取灯，也就算了。“敝帚千金”，原是文人应有之美德，无如我自己也不知道什么缘故，在这上面总是没有劲儿，总是太随便，太马虎。这大概是一种病罢？可是没有方法可以医治的。

我的第二种病是健忘。非但是读了别人的书“过目即忘”，便是自己做的文章，过了三年五年之后，有人偶然引用，我往往不免怀疑：这是我说过的话么？或者是有什么书里选用了我的什么一篇，我若只看见目录，往往就记不起这一篇是什么时候写的，更记不起在这一篇里说的是什么。更可笑的是在《新青年》时代做的东西，有几篇玄同替我记得烂熟，至今还能在茶余酒后向我整段整段的背诵，而我自己反是茫茫然，至多亦不过“似曾相识”而已！

因为有这“随做随弃”“随做随忘”两种毛病，所以印文集这一件事，我从前并没有考量过。近五年中，常有爱我的朋友和出版人向我问：“你的文章做了不少了，可以印一部集子了，为什么还不动手？”虽然问的人很多，我可还是懒着去做，这种的懒只是纯粹的懒，是没有目的和理由的。但因为他们的问，却引动了我的反问。我说：“你们要我印集子，难道我的文章好么？配么？好处在哪里呢？”这一个问题所得到的答语种种不同。有人说：“文章做得流利极了。”有人说：“岂特流利而已。”（但流利之外还有什么，他却没有说出）有人说：“你是个滑稽文学家。”有人说：“你能驾驭得住语言文字，你要怎么说，笔头儿就跟着你怎么走。”有人说：“你有举重若轻的本领，无论什么东西，经你一说，就头头是道，引人入胜，叫人看动了头不肯放手。”有人说：“你是个聪明人，看你的文章，清淡时有如微云淡月，浓重时有如狂风急雨。总叫人神清气爽绝不是粘粘腻腻的东西，叫人吃不得，呕不得。”有人说：“别说了！再往下说，那就是信口开河，不如到庙会上卖狗皮膏药去！”

虽承爱我的朋友们这样鼓励我，其结果却促动了我的严刻的反省。说我的文章流利，难道就不是浮滑么？说我滑稽，难道就不是同徐狗子一样胡闹么？说我聪明，难道就不是说我没有功力么？说我驾驭得住语言文字，说我举重若轻，难道就不是说我没有学问，没有见解，而只能以笔墨取胜么？这样一想，我立时感觉到我自己的空虚。这是老老实实的话，并不是客气话。一个人是值不得自己的严刻的批判的，一批判之后，虽然未必就等于零，总也是离零不远。正如近数年来，我稍稍买了一点书，自己以为中间总有几部好书，朋友们也总以为我有几部好书。不料，最近北平图书馆开一次戏曲音乐展览会，要我拿些东西去凑凑热闹，我仔细一检查，简直拿不出什么好书，于是乎我才恍然于我之“家无长物”。做人，做学问，做文章，情形也是一样。若然蒙着头向着夸大之路走，那就把自己看得比地球更大，也未尝不可以。若然丝毫不肯放松地把自己剔抉一下：把白做的事剔了去，把做坏的事剔了去，把做得不大好的事剔了去，把似乎是好而其实并不好的剔了去，恐怕结果所剩下的真正是好的，至多也不过一粒米大。我这样说，并不是要叫人丧气，从而连这一粒米大的东西也不肯去做。我的意思却是相反：我以为要是一个人能于做成一粒米大的东西，也就值得努力，值得有勇气。话虽如此说，我对于印集子这件事，终还是懒，一懒又是两三年。直到二十一年秋季，星云堂主人刘敏斋君又来同我商量。而我那时正苦于无法开销中秋书账，就向他说：“要是你能先垫付些版税，叫我能于对付琉璃厂的老兄们，我就遵命办理。”刘君很慷慨地马上答应了，我的集子就不得不编了。但是，说编容易，动手编起来却非常之难，这一二十年来大半已经散失的东西，自己又记不得，如何能找得完全呢？于是东翻西检，东借西查，抄的抄，剪的剪，整整忙了半年多，才稍稍有了些眉目。可是好，飞机大炮紧压到北平来了！政府诸公正忙着“长期抵抗”，我们做老百姓的也要忙着“坐以待毙”，哪有闲心情弄这劳什子？惟有取根草绳，把所有的破纸烂片束之高阁。到去年秋季重新开始做删校工作，接着是商量怎样印刷，接着是发稿子，校样子，到现在第一册书出版，离当初决意编印的时候，已有一年半了。

我把这部集子叫做“杂文”而不叫做“全集”，或“选集”，或“文存”，是有意义的，并不是随便抓用两个字，也并不是故意要和时下诸贤显示不同。我这部集子实在并不全，有许多东西已经找不着，有许多为版权所限不能用，有许多实在要不得；另有一部分讨论语音乐律的文章，总共有二十多万字，性质似乎太专门一点，一般的读者决然不要看，不如提出另印为是。这样说，“全”字是当然不能用的了。至于“选”字，似乎没有什么毛病，我在付印之前，当然已经挑选过一次；非但有整篇的挑选，而且在各篇之内，都有字句的修改，或整段的删削。但文人通习，对于自己所做的文章，总不免要取比较宽容一点的态度，或者是自己的毛病，总不容易被自己看出。所以，即使尽力选择，也未必能选到理想的程度。这是一点。另一点是别人的眼光，和我自己的眼光决然不会一样的。有几篇东西，我自己觉得做得很坏，然而各处都在选用着；有几篇我比较惬意些，却从没有人选用。甚而至于我向主选的人说“你要选还不如选这几篇，那几篇实在做得不好”，他还不肯听我的话，或者是说出相当的理由来同我抗辩。因此我想：在这一个“选”字上，还是应以作者自己的眼光做标准呢，还是应以别人的眼光做标准呢？这问题没有解决之前，不如暂时不用这个字。说到“存”字，区区大有战战兢兢连呼“小的不敢”之意！因为存也者，谓其可存于世也。古往今来文人不知几万千，所作文字岂止汗牛而充栋，求其能存一篇二篇，谈何容易，谈何容易！借曰存者，在我以为可存，然无张天师之妙法，岂敢作“我欲存，斯存之矣”之妄想乎？

今称之为“杂文”者，谓其杂而不专，无所不有也。有论记，有小说，有戏曲；有做的，有翻译的；有庄语，有谐语；有骂人语，有还骂语；甚至于有牌示，有供状。称之为“杂”，可谓名实相符。语有之：“文章千古事，得失寸心知。”“千古”二字我决然不敢希望；要是我的文章能于有得数十年以至一二百年的流传，那已是千侥万幸，心满意足的了。至于寸心得失，却不妨在此地说一说。我以为文章是代表语言的，语言是代表个人的思想情感的，所以要做文章，就该赤裸裸的把个人的思想情感传达出来：我是怎样一个人，在文章里就还是怎样一个人，所谓“以手写口”，所谓“心手相应”，实在是做文章的第一个条件。因此，我做文章只是努力把我口里所要说的话译成了文字；什么“结构”，“章法”，“抑，扬，顿，挫”，“起，承，转，合”等话头，我都置之不问，然而亦许反能得其自然。所以，看我的文章，也就同我对面谈天一样：我谈天时喜欢信口直说，全无隐饰，我文章中也是如此；我谈天时喜欢开玩笑，我文章中也是如此；我谈天时往往要动感情，甚而至于动过度的感情，我文章中也是如此。你说这些都是我的好处罢，那就是好处；你说是坏处罢，那就是坏处，反正我只是这样的一个我。我从来不会说叫人不懂的话，所以我的文章也没有一句不可懂。但我并不反对不可懂的文章，只要是做得好。譬如前几天我和适之在孙洪芬先生家里，洪芬夫人拿出许多陶行知先生的诗稿给我们看。我们翻了一翻，觉得就全体看来，似乎很有些像冯玉祥一派的诗；但是中间有一句“风高谁放李逵火”，我指着向适之说：“这是句好句子。”适之说：“怎么讲法？”我说：“不可讲，但好处就在于不可讲。”适之不以我说为然，我也没有和他抬杠下去，但直到现在还认这一句是好句子。而且，我敢大胆地说：天地间不可懂的好文章是有的。但是，假使并不是好文章，而硬做得叫人不可懂，那就是糟糕。譬如你有一颗明珠，紧紧握在手中，不给人看，你这个关子是卖得有意思的；若所握只是颗砂粒，甚而至于是个干矢橛，也“像煞有介事”地紧握着，闹得满头大汗，岂非笑话！我不能做不可懂的好文章，又不愿做不可懂的不好的文章，也就只能做做可懂的文章，无论是好也罢，不好也罢；要是有人因此说我是低能儿，我也只得自认为活该！

还有一点应当说明，就是一个人的思想情感，是随着时代变迁的，所以梁任公以为今日之我，可与昔日之我挑战。但所谓变迁，是说一个人受到了时代的影响所发生的自然的变化，并不是说抹煞了自己专门去追逐时代。当然，时代所走的路径亦许完全是不错的。但时代中既容留得一个我在，则我性虽与时代性稍有出入，亦不妨保留，借以集成时代之伟大。否则，要是有人指鹿为马，我也从而称之为马；或者是，像从前八股时代一样，张先生写一句“圣天子高高在上”，李先生就接着写一句“小百姓低低在下”，这就是把所有的个人完全杀死了，时代之有无，也就成了疑问了。好像从前有这样一个笑话，说有一个监差的，监押一个和尚，随身携带公文一角，衣包一个，雨伞一把，和尚颈上还戴着一面枷。他恐怕这些东西或有遗失，就整天地喃喃念着：“和尚，公文，衣包，雨伞，枷。”一天晚上，和尚趁他睡着，把他的头发剃了；又把自己颈上的枷，移戴在他颈上，随即就逃走了。到明天早晨，他一觉醒来，一看公文，衣包，雨伞都在，枷也在，摸摸自己的头，和尚也在，可不知道我到哪里去了！所谓“抓住时代精神”，所谓“站在时代面前”，这种的美谈我也何尝不羡慕，何尝不想望呢？无如我不愿意抓住了和尚丢掉了我自己，所以，要是有人根据了我文章中的某某数点而斥我为“落伍”，为“没落”，我是乐于承受的。

把这么许多年来所写的文字从头再看一次，恍如回到了烟云似的已往的生命中从头再走一次，这在我个人是很有趣味的。因此，有几篇文章之收入，并不是因为我自己觉得文章做得好，而是因为可以纪念着某一时的某一件事或某一种经验；或者是，因为可以纪念我对于文字上的某一种试验或努力——这种试验或努力，或者是失败了，或者是我自己没有什么成功而别人却成功了；严格说来，这种的试验品已大可扔弃，然对于我个人终还有可以纪念的价值，所以也就收入了。

全书按年岁之先后编辑，原拟直编至现时为止，合出一厚本，将来每次再版，随时加入新文。后因此种方法，于出版人及读者两方，都有相当的不便，故改为分册出版，每三百余面为一册。

承商鸿逵兄助我校勘印样，周殿福、郝墀、吴永淇三兄助我抄录旧稿，书此致谢。

二十三年四月十二日，刘复识于平寓。

（原载1934年6月上海《人间世》第5期）

《四声实验录》序赘

承吴先生替我这本小书做了一篇长序，不但使我的书增加了许多光荣，而且使我自己也增加了许多学问，改正了许多观念，我真感激万分。但是读完了他序文以后，觉得除“喜马拉雅山”、“最高度成绩”等话，当然不能承认外，不免还有许多话要说。因此破空造起一个“序赘”的名词，来赘上几行。

我觉得我这部书，是研究现象的书，不是创造或推行某种主张的书。因此它永远是两面兼顾的：它永远不偏向于任一方。甲方面可以认它为四声的行状，乙方面也不妨认它为四声的救星：它自己是无可无不可，只看你们如何的利用它。正如同是一个世界语，社会党可以利用它，军阀财阀又何尝不可以利用它呢？

但我的书是如此，我这个人却不能如此。吴先生说我一向是废四声的信徒，我可以说：正是。不过这里面，还有几件事应当分别而论。一、注音字母与四声。注音字母是标示音质的：它根本上就没有兼标四声的任务。所以假使有人，因为它不能兼标四声就要根本推翻它，我们虽然不敢竟说这等人是糊涂，胡闹，而他们闹得甚嚣尘上时，我们总不妨且闭着眼。

二、国语与四声。我在《国语问题中一个大争点》一篇短文里，已有过“国音乡调”的主张。此所谓调，不是语调，是字调，就是四声。既如此，可见我当时虽然没有明说废四声，而四声之可废，却已不言而喻。但我也并不说我的国音乡调说实行了以后，大家用国语谈话，竟可以绝对不因没有“国声”之故，而不起纠纷。不过即使有纠纷，也总是很少的，偶然的。若然我们拈住了一些，就要扯动全体；拈住了偶然 就要概括一切，那就不免什么事都搬不动，办不了。且从旁面举几个趣例：上海朋友说：“我要吃碗水。”我们江阴人听了不免笑个前仰后合。江阴人说：“我要洗脸。”宜兴朋友听了又不免笑个后合前仰。苏州老爷用了个江北老妈子，端上面汤来，说声“老爷洗罢”，老爷可是勃然大怒了。再如几位上海朋友初见面，请教尊姓：胡、吴、何，或者是成、陈、程、承，若然不将古月、口天、人可、超脚、耳东、禾旁、束腰等中国式的拼法连同说出，岂不要闹得大家通谱。诸如此类，都是音质上的纠纷，并不是四声上的纠纷。但音质之于语言，比四声重要得许多。所以音质上起了纠纷，比四声上所起纠纷，更应注意。但这种音质上的纠纷，若是我们耐着心，把它一个个的捡拾起来，也竟可以很多，而按诸实际，它并不能在语言上发生何种的障碍，或使语言的全体，感受何种的不安，又是什么缘故呢？我说：这由于它虽然有发生纠纷的可能，而使它能于发生纠纷的时会，可是很少；它虽然不见得百年难遇，而若就每人每天平均说一千句话计算，恐怕有这样的纠纷的，至多不过一句两句。以一二与一千相比，便大胆说一声不成问题，也未尝不可。因此我想，假使我的国音乡调说竟能受社会的容纳，其结果即使因为有国音无“国声”之故而起纠纷，其纠纷必比原来自然语言中所有的音质上的纠纷，更形微弱。现在我们对于此一纠纷，尚视为不足注意，则将来难免不发生的彼一纠纷，当然是更加不足注意。就我自己说，我在北京住了三年，说我的蓝青官话，因音质上、名物上、成语上、语法上所起的纠纷，也就不在少数；而因四声上所起的纠纷，我所记得的，却只有二次：一次是说一个“瓶”字，一次是说一个“卷”字，都叫人不懂，其余是我的至今改不了的江阴四声，竟完全能适用于蓝青官话。我们若是把这三年二次的纠纷率，增高到五百倍，即是三年一千次，一年三百三十三次，一天还不到一次。以这样小的成数还要“概不抹零”，恐怕未免没趣罢！

我现在的见解，以为有了三十九个注音字母，和一部《国音字典》，我们所希望的国语，已算是呱呱坠地的了。此后我们要如何的抚养它，如何的培植它，总该从大处着力，不应常把小事来牵制。音的统一是有了张本了，词的统一怎么办，我们计算到了没有？国语文是有人能做的了，而语法上的差异，还非常之多，我们应当用什么方法使这种差异渐渐减少，而终归于统一？更进一步，应当用什么方法使国语的语法，愈加规则，愈加简单，而一方面仍无背于语言之自然？更进一步，我们都知道这初出世的国语，机能是很薄弱的，我们应当如何使它增进？如何使它能兼有文言及自然语之长，而且更加进步，使它在运用时，灵活到最高度，表示力充满到最高度？最后是如何将埋藏在我们中国语言中的美，使它充分发展出来，使国语于日用境界之外，别多一文学境界？这些事，一方面自然要靠着研究国语的学者，拼着头白老死的工夫去研究；一方面还要靠用国语作文的文人，拼着头白老死的工夫用心去作国语文。可惜我们中国人讲言语，向来是讲声音的兴致最好。所以说到辩论声音，小则打架，大则开仗，武库里刀枪剑戟，什么都有！声音以外，就不妨姑且缓谈。我现在敬告同志：国语问题中的音，已小有结束，即略有枝叶问题，也不必老是杀鸡用牛刀；音以外的事却还很多，而且全未动手，请大家改换个方面罢！

三、语言教育中的四声。所谓语言教育，看去似乎和前段所说的国语同是一物，因为现在正在推行国语教育，一般人以为国语教育之外，更无所谓语言教育了。但我的意思不是如此。我以为国语与方言是并立的，方言是永远不能消灭的。方言既不能消灭，在方言中就有了语言的教育。而这语言的教育，却并不关于书本：小孩子初会说话，有人教他说“妈”，他说“妈”，就是语言教育的第一课。我们中国人向来不注意语言的教育，所以语言的能力，比较薄弱。就我朋友中说，语言最干净，明白，有层次，有条理，而声调的高低起落，又恰恰合度的，只有三个人：胡适之，马夷初，康心孚，心孚可是已经死了。此外，似乎无论何人都有点缺点。最普通的是话说不出时，“这个这个 ..”的不了，而某先生的“仿佛”，某先生的“似乎”，某先生演说二十五分钟有了一百五十九个“然而”，也都别有风趣！

诸如此类，并不是我喜欢吹毛求疵，只是借些现成的事实，说明语言中自有教育；而这种教育，却并不是国语所专有，是方言中也有的（若然是方言还没有消灭的话）。

在国语的教育中，如我所说，四声已经不成问题的了，在方言的教育中怎样呢？我说也不成问题，前两月中我已有一封信，与玄同讨论此事。信未留稿，大意是说中国一般人对于四声的观念，即附属于音质观念之上，并不特别提开；把它提开的，只是一班讲声音的人。因此，譬如把刘柳两位，同时介绍给一个外国人，他未免要闹得头痛；若介绍给一个中国人，就丝毫困难没有。这因为是外国人心目中，把刘与柳打了个同音的底子，再去辨声的异同，所以困难；中国人心目中，却以为刘与柳是两个不同的音，刘与柳之在心理上，其距离竟可以相等于刘之与吴，所以全无困难。因此，在语言的教育上，只须把字眼咬得清楚；字眼咬清楚了，正不必道在迩而求诸远，说什么四声五声八声，而四声五声八声却可以自然就范，自然说得正确。我们到乡下去，找个目不识丁的农人谈天，他出语不免有雅俗之分，而四声的辨别，却同我们一样的精确，但他可尝有过工夫，放去了锄头来嗡什么平上去入呢？我们在这上面深思其故，就可以胆大的说：四声在语言的教育上，不成问题。

四、四声的根本打破说。这也是我同玄同谈过的。我以为四声的根本上存在不存在，只有语言自己有取决之权，我们无从过问。我们尽可以有十二分以上的理由，说它可以不要，或者是要不得，而它自己不肯消灭时，我们竟是奈何它不得。正如男子的乳头，有什么用处呢？但是我有它，玄同有它，吴先生有它，我们三人竟不能割去它。所以吴先生说："尽管我们永远用不着去理它，它还是永远含在我们炎黄子孙的语言文字里面，无论在单音里面，在复音里面，它都存在。"

承吴先生收我为信徒，所以我秉承着他教主爷的旨，宣传这么一会子的教义。但到了此处，我就要说声"亚门"了。教士到说了"亚门"，走出教堂以后，本来就什么都可以随便，所以我以下所说的，许不免是左道旁门的话头了。

五、诗的声调问题中的四声。我常常怀疑：中国韵文里面的声调，究竟是什么东西构造成功的？说是律诗里的仄仄平平仄罢，可是在古诗里并不这样，而诵读起来，却也有很好的声调。况且便就律诗说，仄仄平平仄是固定的，而甲地的仄仄平平仄，实际上又完全不同于乙地。那么，声调声调，你究竟是个什么东西？你究竟隐藏在什么地方呢？我曾把这个问题问人，人家说：这是自然的声调！唉，天下着雨，请教天文家：这是什么缘故？而天文家可是说：这是一种自然的现象！

我为着这问题，已经费过许多的工夫，希望能将所得的结果，做起一部

《汉诗声调实验录》。但是经过了屡次三番的小成功，却都被屡次三番的小失败推翻了。所以直到现在，简直还没有半句具体的话可以报告。不过我总痴心妄想，以为能有一天，可构成一个新说，使它能于配合一切体裁的韵文，一切地方人的声口。到那时，如果我所发现的完全无关于四声，便有千万个的唐诗选诗家同我反抗，我也要把四声一脚踢开。反之，如果我所发现的仍不免有关于四声，那么，“君子不贵苟同”，虽以吴先生及玄同的学问上的威权，我也不容易屈倒。

为什么我对于这问题，似乎癖好甚深呢？这是因为我自己，喜欢胡诌几句诗，更喜欢的是胡诌几句白话诗。目下白话诗已有四五年的寿命了，作品也已有了不少了。但是一班老辈先生，总是皱着眉头说：白话诗是没有声调的。便是赞成白话诗的，同是评论一首诗，也往往这一个说是声调好，那一个说是声调坏。我们对于老辈先生的愁眉苦脸，能自己造起一个壁垒来么？对于白话诗的评论者，能造起一个批评的标准来么？同时对于白话诗的作者，能有一个正确忠实的声调向导，引着他们走么？亦许不能；但如其是能的，那就惟有求之于原有的诗的声调。惟有求之于自然语言中的声调，最要紧的是求之于科学的实验，而不求之于一二人的臆测。我相信这东西在将来的白话诗国中，多少总有点用处，所以虽然很难，也要努力去做一做；不幸到真没有办法时，自然也只得放手。

六、语系问题中的四声。我常以为我们东方的语言，究竟还要靠着我们东方人自己研究；西方人的扣盘扪烛，虽然也有不可尽废之处，大体总有些不可靠。因此，对于一个至今未决的中国语系问题，也打算大胆去研究一下。记得有人说过汉语、藏语、越语都是多声制，它们系统上的关系虽不甚明了，而这同是多声一点，却不可轻易放过。我在三年以前，不相信这一说：以为多声是单音语中免不了的现象，与其问它为什么多声，不如问它为什么单音，所以多声与语系无关。现在一想，这话错了。我还没有切实研究它，怎就能断定它无关呢？我们研究这样的大问题，无论是怎样小，怎样可笑，怎样在表面上全无用处的材料，都不宜放松一点：愈多愈好，必须研究完了，才可以取的取，去的去。所以在这四声上，我打算先就国内各方言区域研究清楚，把各声随着地域变化的形迹画起图来，然后照样的研究国外的声，也画起图来；于是看：这声的变化，由国内而及于国外，接榫不接榫？趋势是怎样的？这样研究的结果，亦许不能，但亦许能在语系问题上，发现一些什么。如其能，最好；不能，也不过多费去一些工夫，没甚关系。要是不加研究就把它放弃，总有些不忍，总有些不该。

因有诗的声调与语系两问题，还未能完全证实与四声无关，所以四声虽然送进博物院，我还不免跟进博物院去研究。这却应当敬请教主爷特别慈悲，网开一面，暂且不要把它一闷棍打倒。可是我并不以为青年有用的功夫太多，别种可以研究的东西太少，大家应当尽在这四声上闹得永远不了，我以为像我一样的宝贝，有了一二个也就很够了。

但是，你即使能把诗的声调与语系两问题研究清楚了，究竟能有什么用处呢？这我就不得不直招：无用！吃饱饭！没事做！说清话！等于马二先生的“文章以理法为主”！可是人类中偏有这样不可解的怪事；即如最时髦的相对论、心理分析等等，说来说去，能说得出一半片黑面包来么？因此，我对于这最后一问，只能回答一声“不能答”。

但是我们虽然有吃饱饭没事做的时候，也曾有过饿肚子的时候。所以我读了吴先生序文中论假名式的利器一段，觉得他说的周到到万分，痛切到万分，使我佩服到万分，感动到万分。从此以后，苟有机会可以做些马二先生以外的事，一定竭力做去。

最后还有一些小事应当声明，就是吴先生序文中所引用的我的话，都是我写给吴先生的信里的话，并不是在什么地方正式发表的话。我写信是向来很潦草很随便的，尤其是有一封给吴先生的信，在晚上两点钟以后，不到一点钟工夫，写了六十多行，真不成东西！这里面有“闭眼胡说”四个字，直到吴先生引用了才觉得，我不知道当时是怎样闭眼胡写的？我有什么证据可以断定人家是闭眼胡说？我有什么权力可以说人家是闭眼胡说？我今郑重声明，表示我无限的歉意。又，吴先生所引“四声之构成”一段话，只还是我的一个假定，其中颇有研究改正的余地，一时还说不到发表；不过关于阴阳清浊一层，我本已做成了一篇《南方语中的清浊音》，近因打算把南方的清浊，与北方的阴阳合论，重加增改，暂时搁下；发表之期，却总不远。可是说来说去，我终还做了我自己所骂的人：讲声音的兴致太好呵！

十一年夏，巴黎。

（原载1934年6月北平星云堂书店初版《半农杂文》）

《汉语字声实验录》提要

这部论文的趣旨是双重的：一方面是我用了科学方法来研究我们中国语言中的一个很重要的问题；另一方面是我将我国前人在这问题上所下过的工夫，连同他们的缺点，用最清楚的语言表写出来，希望能使研究这问题的人（外国人和中国人自己），可以免却许多纠纷。

为了这后一层，我在书中开端处，自三至二八节，写了一篇小小的四声研究史；又自五四至七四节，把"阴"，"阳"，"清"，"浊"，"上"，"下"等名词的各种歧义，以及"字书声"，"方言声"，"常声"，"变声"等的定义，都说个清楚。

关于今日以前各作者在四声问题上所下的判断或揣测，我引用了不少。古一些的已几乎全备；新近的却只能举了几个例，因为，一层是篇幅有限，二层是有价值的并不多。

我所用的实验方法，可以分作四步说：第一是记声，第二是量线，第三是计算，第四是作图。

记声并不是一件难事，只须有得一个好音鼓，一个速率够大而且极匀的好浪线计。但最要紧的是发音正确的受试人和选择得很适当的材料。关于这两层，我在九二至九五节中说明。

量线是只量到十分之一公厘（mm）为止，所用的器具，只是一个十倍的扩大镜和一支玻璃小尺。若然用显微镜，那就是要量到百分之一公厘以上也极容易。但所得结果，却未必能更好，因为烟熏纸上的线纹，并不适宜于显微镜的观察，假使放大得过度了，浪线都变成了“肥线”，其中点极难断定，要是任意断定，结果反要增加许多错误。

计算音高的方法，目下至少有五六种。我所用的一种，就正确上说，是处于第二位。处第一位的一种方法，是将语言的音和电流音义的音，同时平行画出，然后依据音义线纹中某一颤动的长短，以推算语音线纹中处于同一时间中的一个或多个颤动的速度。若然浪线计的速率不很均匀，就非用这方法不可。我所用的一个浪线计，却用不着这样。

作图的一番工夫可以省得，若然所试验的只是三五个字或三五个音，因为在这样时，我们只是看了数目字，也就可以比较得出各音的高低起落来。所以在法国的《语音学杂志》中，在德国的《Vox》杂志中，又在 Rousselot 及 Poirot 两先生的著作中，都可以找到这一类的例。但若做了大批的实验工夫，就万不能把数目字做比较的工具。而且把数目字印入书中，也很不便当。假使我论文中不用图而用数目字，这部书的分量，至少要增加六倍。

作图的方法有两种：一种是直接的，一种是用对数的。直接法从前 Poirot 先生用过，现在 Scripture 先生也还用着。这是个比较简易的方法，有时也颇可以用得，但根本上与音理相背，并不能将各音的高度正确表出。所以我所用的是对数法。

应用对数法在工作上很烦苦。自从我将一六页的第一第二两表制成了，就简易了不少。但便是这样，还比直接法烦苦到一倍以上。就以上所说，可见做这种实验的工夫，所需要的时间很多，而且只能慢慢地做，不能做得快。平均是每一个字或一个音，延长只在半秒钟左右的，就要用两点以至两点半钟的工夫。我全书所用的实验工夫，是整整三十个月，编写成书的时间还不算在内。单只胡适先生一段《清道夫》的文章，共二百五十五字，延长七十二秒钟，就用了十二个半礼拜的工夫。

做这种工作所需要的时间如此之多，实在是一件不能轻轻放过的事。因为这能给学人以许多痛苦，从而阻碍学术的进步。

数年来身受的痛苦，使我创制了一种新仪器，将量线，计算，作图三种工夫，交给机械去代做（看后方）。

我书中将实验方法说明之后，接着便有一段关于字声上的普通观察。在这段书里，我举了十种方言中的字声来做例，一方面用以证明绝没有两种方言中的字声制能于完全符合，另一方面是借此说明字声的比较研究法。我对于“字书声”一个问题上也下了几个揣测，虽然我们现在还不能从事于这种的工作。又自八七至八九节，我说明我自己的“标声法”，这方法简易明确，不但语音学者可以用得，便是普通的言语学者也可以用得。

在一一四节里，我把我将来研究这字声问题的计划说明，因为本书并不完全，如全书开首时并结尾时所说。

关于字声与构成声音的四种分子间所有的关系，也有相当的讨论。这种讨论的用意，是在于通知从事研究字声的人，不要将问题看得太简，可也不要去做吃力不讨好的工。这句话解释是如此：一方面，我们大家都知道字声之构成，在于音高，但音长与音质，也不能不问；另一方面，关于音强一个问题，目下不妨暂且搁着，不要随随便便将物理学中 I=A2n2 一个公式错用了。我也知道研究字声，不能将强弱一件事置之不问，但因物理学中这一个公式既不能适用，我们又还没有能发明一个正确的新公式，又何苦要多做些无谓的工作呢？

一般的实验语音学家在这件事上都很疏忽，便连 Rousselot，Scripture，Chrumski 诸先生也是如此。因此常有人向我说：你研究字声，你研究的是音高，很对，但你把音强忘记了！为答复这一类的问题起见，我既在书中详论了研究音强之不可能，更在此地重提一下。

我从开场说到现在，说的几乎完全是方法。说得多了！但是并不太多。因为一切实验科学中最重要的总是方法。方法安排定了，其余只是机械般的做去，所得结果，几乎是无可辩论的。因此我们也可以说，实验语音学一种科学的全体，只是一大堆的方法的总称罢了。

现在说书的本身。

这书分为两编。第一编论常声，第二编论变声。

常声是单发的音，而且是咬嚼得很清楚的。严格地说，语言中简直就没有常声这样东西，因为我们说话时，决然用不着这样的声。但是我们假使因为研究某一方言中的某一字声，而请一个说这方言的人来说一个例字给我们听，他所说出来的，一定是个常声。因此我们可以说：常声乃是我们理想中的声，我们将它说出时，我们以为它可以代表某一声的现象的全体，而在实际的语言中，这某一声的现象，却未必和常声一样表露得完全：有时只表露出一部分，有时因为种种关系，竟可以全不表露。这种只表露一部分或竟是全不表露的声，我们就称它为变声。

我研究了三种方言中的常声，就是北京语中的，广州语中的，江阴语中的。北京语与广州语之可以代表北部及南部语，自然没有问题。江阴语是我自己的方言。我本想找个苏州人来发音，做江浙语系的代表，但竟没有能找到，不得已乃用江阴语。

实验工夫若然只做一次，那是万万不够的。所以我在要断定某一声的价值时，必比较许多次实验所得的结果，而求其最普通之一现象。凡与字声有关系的事，也大都研究。因此，在广州语中，我非但研究旧说的八声，还研究了新近发现的第九声；在江阴语中，我研究了至今聚讼的一个清浊问题和"浊上"的消失问题；在北京语中，我研究了"自然声"，"入声转变"，"哑音气子"等问题。

第二编所研究的变声，又分作重音与音节两件事。在重音一件事上，我得到了十几个见解。这种见解在目下还不能当作结论。把这小小的收获与所用的工夫相比较，似乎很不上算；但在不怕做苦工的人看来，已可以增加一分勇气了。我们知道无论研究何种科学，实验的或非实验的，假使一个人用了一世工夫而所得结果只是十个八个字，但求十个八个字真有价值，那就绝不是一种耻辱。

关于音节，我只是十分粗略地观察了一下，因为这个问题，需要特种的材料和受试人，本以分开研究为是。

现在说附录中所记我所创造的两种仪器。

第一种仪器叫做音高推算尺，可以做量线、计算、作图等工作。有大小两式，小式尤比大式合用，因为价格便宜，便于取携，而且不易损坏。用以量线，可以量到十分之一公厘，其准确与用玻璃小尺绝对一样，而时间可以省到三四倍，又不伤目力，因为扩大镜的倍数很低。说到作图，可有两种方法：一种是用计算的，一种是不用计算，就将量线、计算、作图三事，同时兼做的。这后一种方法，比前一种更好，因为非但简便省事，而且所得结果，其正确程度，竟超出于普通方法之上。其理由有二：

第一，普通方法所得的结果，并不是直接来的，是经过了许多次的间接来的；每经过一次的间接，就有增加一分的错误的可能。无论你如何精细用心，这总是件逃不了的事。我们仪器上所得的结果，却完全是直接的。完全直接也当然并不就是绝对没有错误，但错误的分量总少得多了。

第二，在物理计算中，除有特别需要外，通常只用数目字三位；在图算法中，用两位就够。我们这仪器上的对数尺，却用了四位。以四位与三位或两位相比，自然是正确得多了。

因有这种原因，所以用无计算法直接画出来的曲线，形式非常整齐，不比用普通方法所画的，常带着许多不规则的折齿。这种折齿从何而来，向来没有人能明白解释过，现在我们可以说，这是错误成分太多的结果。第二种仪器是一个音鼓，感觉特别灵敏，所以记起声来（尤其是在记女声的时候），比普通的 Rousselot 式鼓好得多。若是把鼓膜的宽紧和鼓管中的气量校得恰好，所画出的浪线，几乎可以和 Lioretgraphe 上画出来的一样；而且于记语声之外，更能记“音哨”和许多种口吹乐器的声。因有此种作用，我们有时可以把它替代电流音义，有时也可以借它研究乐器的音高。我们还能用它记留声机片的音，因此可以利用市上所卖的留声机片，来研究名歌人或名乐师的奏品。为了这样一件事，从前 Scripture 先生曾特造过一种仪器。这仪器的价格至少要比我们的音鼓高上一百倍，实验时所用时间和材料，要多到一千倍，所画出的浪线，自然比我们的鼓上所画出的详细得多，但在普通研究中，我们永世也用不着那样的详细。

十四年三月十七日，巴黎。

（原载 1934 年 6 月北平星云堂书店初版《半农杂文》，原稿系法文）